KB252370

외로운 천재는
동시대인들의 별볼일 없는 일상사로부터
툭 불거져나와 단 하나의 위대하고 찬란한
아이디어 — 바로 자신의 아이디어 — 를
실현하기 위해 일생을 바친다.

나폴레옹의 후예들

나폴레옹의 후예들

나폴레옹의 후예들

에르네스토 카를레티 지음/비토리오 세디니 그림

안진원 옮김

서광사

나폴레옹의 후예들
지은이/에르네스토 카를레티
그린이/비토리오 세디니
옮긴이/안진원
펴낸이/김신혁
펴낸곳/서광사
　　　등록 제5-34호. 1977. 6. 30.
　　　130-072 서울 동대문구 용두 2동 119-46
　　　대표전화 924-6161　팩시밀리 922-4993　천리안 phil6161

그림 : Vittorio Sedini

이 책은 Ernesto Carletti 의 *I Napoleonidi*
(Roma : Città Nuova Editrice, 1991)를 옮긴 것입니다.
Città Nuova 출판사와의 독점 저작권 계약에 의해
이 책의 한국어판 저작권은 서광사에 있습니다.
한국 내에서 보호를 받는 저작물이므로
무단 전재와 무단 복제를 금합니다.

제1판 제1쇄 펴낸날—1999년 5월 20일
1 2 3 4 5 6 7 8 9 10　　12 11 10 09 08 07 06 05 04 03 02 01 00 99
ISBN　89-306-5808-3　03880

　참 알다가도 모를 일이다. 지금처럼 민주주의와 자유 평등 사상이 세상 끝까지 퍼져나간 시대에, 지명도도 꽤 높은 저자가 하필이면 지난 시대의 구닥다리 인간상을 현실 속에 그려내려 한 의도가 어디 있는지.

　이 시대에 이 책 속의 등장인물과 같은 이들을 대체 어디서 찾아볼 수 있다는 말인가? 자기만이 절대적으로 옳다고 고집하면서 어떤 값을 치르더라도 자신의 뜻을 관철시키고야 마는 장군, 아내, 교수 들이라니? 아직도 유아독존식의 고정관념에 사로잡혀 있는 사장, 광고업자, 신문 기자 들이라니? 결론은 언제나 자기가 내려야만 직성이 풀린다는 의사, 정치가, 꼬마 들은 또 웬말인가?

　나 참, 대체 어떤 영감을 받았길래 이런 글 나부랭이를 썼는지 알다가도 모르겠다. 아마도 제목에서 미루어 짐작할 수 있듯이 지나간 세기의 인물들로부터 전해져온, 아니면 수십 년 동안 어느 집 다락방에 틀어박혀 먼지만 먹던 원고가 마침 책 찍어내는 일을 열렬히 장려하고 있는 이 시점에 와서 발견되어, 누군가 이걸 출판해 볼 용기를 낸 건지도 모르겠다.

　이 책은 어쨌든, '과거' 사람들의 습관과 몸가짐이 어떠했는지에 대해 넓은 식견을 가지지 못한 독자들에게 꽤 적잖은 자양분을 제공해 줄 수도 있을 것이다. 그들의 좋은 버릇, 나쁜 버릇을 재미있게 들여다봄으로써 말이다.

이 책에 유일하게 돌릴 공적이 있다면 아마도 바로 이 점일 것이다. 게다가 세월이라는 먼지가 살금살금 쌓여 조미료 역할까지 해줌으로써 몇몇 인물들의 지나치게 거친 부분과 그들 말투 속의 오류들을 적당히 덮어주었다는 점도 한몫 거들고 있다.

카를레티와 세디니의 이 작품을 그에 걸맞게 자리매김하기 위해서는 머리말을 이런 식으로 붙일 수밖에 없었음을 미리 밝혀두며 널리 양해를 구하는 바이다.

편집자

차례

나폴레오니데

　나폴레오니데(napoleonide : 이탈리아어로 복수는 napoleonidi —
옮긴이 주)라 함은, 나폴레옹의 후손 혹은 나폴레옹처럼 행동하는
사람—굳이 보나파르트가(家)의 족보상에 직계로 올라 있는 자
손까지는 안 된다 하더라도, 무슨 좋다 싶은 생각이 하나 떠올랐
다 하면 그걸 공들여 조각이라도 하듯 머릿속에 새겨두고는 "이
건 신으로부터 받은 계시야. 집적거리는 놈은 주리를 틀 줄 알라
구!" 하며 눈을 부라리는 사람을 일컫는 말이다.
　외로운 천재는 동시대인들의 별볼일 없는 일상사로부터 툭 불
거져나와 단 하나의 위대하고 찬란한 아이디어—바로 자신의 아

이디어—를 실현하기 위해 일생을 바친다. 그 생각은 포기할 수 없는 백절불굴의 신념으로 머릿속에 박히고 마는 것이다.

나폴레옹 자신이 "정복하는 일은 인간의 자연스런 충동이다"라고 밝힌 바 있듯이, 나폴레오니데 역시 다른 이들의 방해를 없애기 위해 이러한 충동을 최대한으로 활용하게 된다. 이렇게 해서 그의 운명적인 역사가 시작된다. 또 사실 이 시점부터 그의 모든 결정은 모두에게 운명이 되어버린다.

나폴레옹의 후예들

유아기부터 이미 아주 과묵하고 고집 센 그는 바깥 세상과 갈등을 겪기 시작한다. 유모로부터 시작해서 유치원에서 만나는 모든 사람과 마찰을 빚는다. 이런 현상은 아이가 나폴레옹적 기질을 대단히 강하게 타고나 위대한 장군이나 독재자, 황제 등이 될 소지가 다분히 보일 경우 특히나 더 심하게 나타난다.

이러한 경우엔 그의 자연적인 재능이나 성품이 최대한으로 발휘된다. 예를 들어 그가 천재적인 전술가일 경우 만일 누군가 자기에게 위협이 될 만한 재능을 가진 자가 눈에 띄면 갖은 수단을 다 동원해 그를 국외로 쫓아버리는 것이다. 벌써 이때부터 그 떡잎을 알아볼 수 있다. 물론 외국에서는 이게 웬 떡이냐 하며 그 추방객을 기꺼이 두 팔 벌려 맞이할 것이다.

이렇게 신중한 배려가 있은 뒤에도 아직 그의 주변에 남아 있는 현저한 두뇌들은, 요가 수행이나 우표 수집 같은 취미생활을 열심히 하면서 시간을 보내며 그에게 찍히지 않기 위해 있는 짓 없는 짓을 다 하게 된다.

그가 전쟁이라도 한번 치르고 난 뒤 이 위대한 인물의 개선을 빛내고자 그 뒤를 따라 오색 제복을 입고 줄지어 행진하는 수많은 무리의 모습은 참 재미있다. 대열 맨 앞에는 그의 수하 장군들이 걸어온다. 이들은 일생을 통해 아주 간단한 한 가지 과제만을 가진다. 승리하거나 아니면 죽는 것, 이 둘 중의 하나가 그것이다. 패배란 절대로 있을 수 없다. 미리 계획해 둔 것이 아니니까. 나폴레오니데는 절대로 지지 않는다, 절대로. 심지어 어린 시절 빗자

루를 꼬나들고 전쟁놀이를 할 때에도 지지 않는다.

　그 뒤를 따르는 또 다른 인물로는 시인이 있다. 그는 자신의 절제된 예술 감각과 즉흥성을 적절히 배합하여 영웅의 무훈을 칭송한다. 시인은 종종 여러 사람이 함께 발탁되거나, 한 번에 한 사람씩 발탁되거나, 혹은 한 사람 뒤에 다른 사람이 발탁되곤 한다. 불멸의 공적을 다루는 데 있어 제아무리 출중한 문장력이 있다 해도 일개 문인의 펜의 힘이란 언제나 이 위대한 현실을 넉넉히 그려내기에 역부족이기 때문이다. 현실과 똑같게 썼을 때는 모독이라 하여 최고 지도자로부터 된서리를 맞는다. 그것은 시인이 그 좋은 머리를 좋은 데다가 제대로 쓰지 않은 탓이다.

나폴레옹의 후예들

다음으로 합창단이 따른다. 수많은 고상한 목소리들이 입을 모아 단 하나의 음표밖에 없는 악보를 지휘봉에 맞춰 노래한다. '예!'라는 음표이다. 할 수 있는 만큼 길게 호흡을 빼며 장조로 또는 단조로 '예!'를 반복한다.

어느 슬픈 날 드디어 나폴레오니데가 죽으면, 그의 서거에 맞춰 엄숙한 장례식을 거행하고자 친구들과 적들이 일심동체로 한자리에 모이는 이변이 일어난다. 그들은 그 어떤 종족이나 국경의 괴리라도 넘어서서 그에게 경의와 감사를 표한다.

♠

지금까지는 전형적인 나폴레오니데—이삼백 년에 한 번 태어

나폴레오니데

날까 말까 할 만큼 희귀종인 예외적인 유형에 대해 이야기하였다. 그런 반면, 좀더 경제적인 타입이랄까, 보통사람에 약간은 더 가까운 나폴레오니데들은 세상 이 구석 저 구석에 가득 차고도 남을 만큼 많다. 이런 이들을 어떻게 맨눈으로 알아볼 수 있느냐고? 쉬운 일이다. 일반적으로 그들은 잘난체하고 남을 짜증나게 하는 이들, 함부로 흉내내거나 대적했다간 큰일날 이들로서, 자기들로 인해 여흥이 벌어지는 걸 좋아하고 흠모와 존경과 추앙의 대상이 되기를 끔찍이도 원하는 이들이다. 이들은 하나같이 인기가 있으며 말주변이 뛰어나고 명쾌하여 의심의 여지를 남기지 않고 후회하는 적이 없으며, 아무 문제도 없고 확고부동하여 설득당하는 일이 없고 평생 몰락하지 않을 것처럼 보인다. 관대하면서도 과격하고, 과격한 가운데 관대함을 보인다. 자기가 원하기만 하면 누가 나서서 말린다 해도 주고 싶은 것을 주고 싶은 사람에게 기어이 주고야 만다.

　게다가 그들은 예언자의 역할도 수행한다. 그들은 중국의 장래 정치노선에서부터 이번 주 복권 당첨번호에 이르기까지 예견하지 못하는 것이 없다. 종종 예언대로 되지 않는 일이 벌어진다 해도 그것은 그들 탓이 아니다. 보통 여러 사건들 속에 어처구니없게도 끼어들곤 하는 어떤 비합리적인 요소 탓이지 절대 그들 탓이 아니다.

　다음으로 그들은 정부를 상대로 끝없는 대립의 관계에 선다. 그것은 수행해야 할 중대한 과제들 앞에 선 정부가 언제나 한결같이 무능함을 드러내기 때문이다. 장관들 한명 한명을 놓고 보든 상원 하원을 같이 놓고 보든, 그들이 보기에 정부는 도무지 제 사명에 걸맞는 능력을 지녀본 적이 없다.

종종 나폴레오니데는 정계에 뛰어들어서는 쉼없이 비집고 다니고, 또 무엇보다도 다른 이들에게 쉴 틈을 주지 않는다. 어떤 자리든지 차지하고 앉아서 마침내 사람들 앞에서 자기가 연설을 할 수 있게 되기까지 그렇게 한다. 그의 연설은 항상 불꽃이 튀고 모두를 사로잡는다. 이는 그가 자신의 정의로운 투쟁을 방해하는 이라면 누구에게든지 감정을 가지고 있기 때문이다.

반면에 그는 가까운 친구들에게는 대범하게 열려 있고 애정과 관대함이 가득하며 큰 이해심으로 그들과 기꺼이 이야기한다. 그들이 자기를 절대 배신하지 않을 것을 알기 때문이다. 아닌게아니라 바로 이러한 의식이 그의 우정관을 구축하는 기초이기도 하다.

나폴레오니데는 무엇보다도 위대한 인물, 위대한 배우이다. 언제나 주연배우임은 당연한 일이다. 보통 관중은 연극이 끝난 뒤에 장막이 다시 열릴 때 무대에서 인사하는 배우들에게 갈채를 보낸다. 그러나 나폴레오니데는 공연중에 열변을 토하는 자기에게 우레 같은 박수를 보내주는 관중을 원한다. 그리고 이런 박수야말로 진정 그에게 숨겨진 아킬레스건이다. 바로 여기서 종내는 일이 벌어지고야 마는 것이다. 박수가 그를 감동시키고 마음을 움직여 들뜨게 하는데, 이러한 관중 앞에서 그는 항상 비무장의 모습을 드러내 보여주지만, 또 종종 여기서부터 그의 워털루 전쟁이 시작되는 것이니까.

이 길지 않은 도입부의 마무리를 지으면서, 필자는 혹 독자 중에 누구 하나라도 이러한 성격 묘사에 흠뻑 빠져든 나머지 나폴레오니데들의 특성 두어 가지를 자신도 가지고 있는 것으로 믿게 되는 일이 없기를 간절히 바라는 마음이다. 만일 그런 독자가 정말로 생긴다면, 그것은 단지 그저 한순간의 감동으로 인한 착오에 지나지 않는 것임을 분명히 기억해 주길 바란다.

이 점을 명백히 밝혀두는 것은 필자 역시 그러한 감흥에 잘못 빠지는 경험을 해보았기 때문이다. 하지만 그것은 내 이성이 일순간 허약해졌을 때 순간적으로 그런 착오가 있었던 것뿐이다. 사실 말이야 바른 말이지, 만일 내가 진짜로 나폴레오니데 같은 성향을 손톱만치라도 지니고 있는 사람이라면, 허구한 날 책상 앞에 앉아 이런 책이나 쓰며 밥을 벌어먹고 살겠는가?

엘 페핀, 자신만만한 총리 후보

"대체 정부는 뭘 하는 거야? 노상 거품행정 아닌가? 얘기를 꺼내자면 말이야, 교통 문제부터가 벌써 그렇지. 가면 갈수록 무슨 북새통 모양 혼잡해지기만 하고 있잖은가. 도무지 높은 데서 내리는 배려책이라는 게, 일방통행로만 늘려가지고는 두오모 광장에 가려는 사람을 난데없이 바로나 쪽으로 빠지게 만들지를 않나, 더 잘 순환되게 한답시고 하는 일이 견인차나 늘리고 말이지. 이거 원 순전히 바보짓만 하고 있다는 걸 모르거든! 딴 방법이 필요해. 나는 물론 해결책이 있고말고. 모두가 걸어다니도록 만드는 거야. 그러면 교통 혼잡뿐 아니라 교통사고와 환경 오염, 기계화에서 비롯되는 여러 다른 문제까지 한꺼번에 해결할 수 있잖나 말이야. 시간 없는 사람은 어떡하느냐고? 롤러스케이트 타고 다니라 그래. 그렇잖아도 우리 이탈리아가 그 스포츠 종목에서는 많이 떨어지는 실정이니까!"

나폴레옹의 후예들

18

이것은, 지난 1월 안개 낀 어느 날 저녁에 내 친구 주세페 브람 빌라가 '콩코르디아' 식당에서 한 일장 연설의 한 토막이다. 그의 별칭은 페핀 엘 바우샤(Pepin el Bauscia: bauscia 란 자신을 뽐내며 자랑하기 좋아하는 사람을 가리키는 제노바 사투리이다—옮긴이 주). 이탈리아 반도 북서쪽 차갑고 습기 많은 공업 지방에 사는 이 친구 엘 페핀이 바로 나폴레오니데의 한 유형이다. 그는 가정식으로 음식을 만드는 식당에서, 조합 건물 현관에서, 그리고 날씨 좋은 철에는 공원 벤치에 앉아서 드센 사투리로 변증법을 써가며 과격한 힐난을 불같이 토해내곤 한다.

엘 페핀은 스스로 말하듯 워낙 지고무상한 정신의 소유자라서, 정계에 발을 들여놓을 생각은 전혀 해본 적이 없다. 위대한 통찰력과 천재적이고도 즉각적인 사건 해결의 능력을 가지고 있음에도 불구하고 말이다. 그는 정치적 난제들을 풀 실마리가 어디 있는지 모르는 적이 없다. 예를 들어, 이탈리아가 단 한 가지 조건을 받아들이기만 한다면 여러 분야의 침체 현상을 즉시 극복할 수 있단다. 즉 정치가와 국민들 모두가 완전히 자신의 지휘에 복종하기만 하면 된다는 것이다. "이 브람빌라에게 삼 년 동안만 전권을 부여해 봐. 모든 게 해결될 테니." 이 역사적인 한마디 역시 '콩코르디아' 식당의 그 기억에 남을 저녁식사 때에 설파한 것이다. "그리고 실업 문제는 또 어떻고? 대책은 무슨 대책을 세우고 있다는 거야? 제도만 고치고 또 고치고 자꾸 뜯어고치고, 행정부에서 다 똑같은 놈들끼리 자리 바꾸기만 한다고 될 일이냐 말이야.

엘 페핀, 자신만만한 총리 후보

이 브람빌라는 실업 문제 해결책을 가지고 있지. 실업자들을 전부 일하러 보내면 되는 거 아냐! 어디로 보내냐구? 예를 들자면 말이지, 대도시에서 실업자 증가율이 어떻게 돼가는지 통계 내는 일을 시키러 보내는 거야. 그러면 적어도 그들 중 누군가는 일을 하게 될 것 아닌가."

"강도, 절도, 유괴에다가 몸값을 달라고 공갈 협박까지 서슴지 않고 동산·부동산에 자동차 같은 재산까지 횡령해 먹는 세상에서 이렇게 범죄는 늘어만 가는데 뭣들 하고 앉았나? 나야 물론 뭘 해야 될지 알고 있지, 암. 걔네도 일하러 보내는 거야. 전부 말이지. 유괴범, 강도단, 절도범, 장물아비들 모두를 잡아다 감방 작업장에서 녹초가 되게 일을 시키란 말이야. 만약 그렇게 했는데도 이놈들이 사나운 성질을 완전히 버리지 못했다면? 경보나 역도 같은 운동을 시켜. 이 분야 스포츠 역시 아직 이탈리아가 별로 빛을 못 봤으니까."

"또 도시화에 따른 도시 인구 폭증 문제도 있잖나? 뭔가 할 수 있는 게 있거든. 아 근데, 이런 우라질, 나한테 좀 물어보란 말이야들. 나를 로마 시청으로 부르든지, 아니면 적어도 나한테 물어보러 사람을 보내면 될 거 아냐! 그럼 내 앉은 자리에서 당장 해결책을 알려주고말고. 그러지도 않으면서 이 브람빌라더러 세상에 태어나 뭘 하고 앉았느냐고 하면 다야? 도시 집중화에 대한 효과적인 대책 말인가? 그건 이거야. 모두들 자기 고향으로 돌려

엘 페핀, 자신만만한 총리 후보

보내면 되지 뭐. 그거야말로 돌멩이 하나로 새 두 마리를 잡는 격이 된다니까. 우선 도시의 주택 문제가 해결되지, 그 다음에 시골의 농수산물 생산량도 증가할 거 아닌가."

엘 페핀이 집에 앉아서 이렇게 잘 짜여진 계획들을 술술 풀고 있을 때, 있는 힘을 다해 참을성을 잃지 않으려 애쓰는 식구들을 대표해 부인 로사가 나서서 이런 말로 그의 입을 막는다. "아이구 여보 페핀 씨, 이제 됐어요 좀! 문만 자꾸 두드린다고 사람 없는 집에서 누가 나온대요?"

그래도 그는 요지부동이다. "로사 당신 말이야, 당신은 양말 꿰매는 일에나 신경 쓰라구. 정부에 대해서는 내가 생각한다구. 두고 봐, 내 언젠가 한번은 이 브람빌라가 누군지 보여주고 말 테니까. 당신 같은 여자들이란 어쩔 수가 없어. 젊은이 가슴에서 솟아나는 혈기를 그저 막으려만 드니까 애들이 그냥 못쓰게 되는 거 아냐…"

"혈기는 무슨 얼어죽을…"

"젊은 세대에 문제가 생기는 원인이 바로 이거야. 당신 같은 여자들이 모성애가 너무 지나쳐서 회초리 한번 대지 않고 애들 교육을 시켜서 그런 거 아냐. 아니, 대체 젊은애들한테 어떻게 문제 같은 것이 있을 수 있나? 나 젊었을 적엔 도무지 문제란 게 없었어. 아침에 일찌감치 일어나서 얼음같이 차가운 물로 세수를 하고 이 킬로씩이나 떨어진 가게에 가서 빵을 사오곤 했다구. 난 무슨 콤플렉스 어쩌구 하는 건 가져본 적이 없어. 장갑 없이 자전거를 타고 다니느라 손 끝에 생긴 동상 외엔 문제가 없었지. 아니 왜 정부는 요즘 젊은 세대 문제에 대처하지 않느냐 말이야. 젊은애들이 얼음물로 좀 세수도 하게 하고, 동네 한가운데 있는 빵집들은 모조리 거주지에서 멀리 떨어진 데로 옮겨놓고 좀 해야지. 옛날에나 하던 식으로 애들이 늙어빠질 때까지 기다리지만 말고 빨리 좀 서둘러서 해결해야지 말이야."

로사 부인이 다시 한번 가로막아 본다. "여보 페핀, 제발 부탁 좀 할게요…"

"부탁? 청탁? 지금 나한테 뇌물을 먹일 참이란 말이지?!" 그가 자랑스럽게 가슴을 편다. "이 브람빌라는 청탁이나 뇌물 같은 거 하나도 필요 없어. 혼자서도 스스로 개척해 갈 줄 안다구. 이런 사람을 막는 놈은 봉변당할 줄 알아!"

정신과 의사 오토 뷜스텔

내 사무실 동료 단테 펠레가타라는 친구는 불면증에다 지속적인 정서불안에 시달리다 못해, 한번은 세계적인 명성을 떨치고 있는 신경정신과 의사 오토 뷜스텔 교수를 찾아가게 되었다.

몇 번 만나 진료한 뒤에 이 고명한 교수는 꽤나 만족스럽다는 투로 이렇게 진단을 내렸다. "자 펠레가타 씨, 사실은 당신에게 말해 주기 전에 내 먼저 확인해 두고 싶은 게 있었소. 한데 이 시점에 이르니 당신의 케이스에 대한 해결책이 보이기 시작했다는 것을 분명히 말할 수 있겠소이다. 여러 검진을 통해서 나타난 기본 증상은 바로 이것이오. 당신은 어렸을 때부터 끊임없이 아버지를 죽이고 싶은 욕구를 강하게 품고 또 키워왔어요. 그렇지 않소?"

"이건 정말…, 교수님…"

"내 말 계속 들어보시오."

뷜스텔은 자신의 논고에 한층 더 크게 확신하는 듯 말을 이었다. 여기서 한 가지 언급해 둘 것이 있다. 여러 해 전부터 이 교수는 병을 호소해 오는 고객들의 의식과 무의식 속으로 들어갈 능력을 지닌 사람이 세상에서 오직 자기밖에 없다고 굳게 믿고 있다는 사실이다.

"펠레가타 씨, 내 말을 귀담아 들으시오. 지금 당신이 할 일은 딱 하나밖에 없어요. 당신 의식의 저 깊숙한 심층까지 활짝 열어서, 그 안에 들어 있는 것들을 자유로이 고백할 수 있도록 해서, 카타르시스에 이르는 과정의 출발점이 되게 만드는 일이오… 입 다물어요! 당신은 아무것도 원해서는 안 되니까. 당신은 환자고, 정신과 의사는 바로 나요. 알겠소? 당신이 만일 이러한 감정 전이에 불복한다면 나는 당신 병의 완쾌를 장담할 수가 없어요. 그러니까 절대적으로 정직한 태도를 가지고 말하도록 하시오. 그럼, 당신에게 가장 큰 관심거리인 당신 아버지의 살해 이야기로 돌아갑시다. 이건 말이죠, 조상 대대로 이어져 내려오는 일종의 적개심의 형태로서, 지금 이 시기에 이르러 의식의 표면에 떠오름으로써 불안정한 심리와 불면증을 일으키는 것이오. 자 그러면, 당신은 아버지를 살해하고 싶었지요? 아주 좋습니다! 자연스럽기 짝이 없는 일이오. 그런 감정을 가지지 않는 것이 오히려 염려스러운 일이지요. 이제는 그 감정을 당신 자신에게 고백하기만 하면 됩니다. 당신이 이 단계를 밟지 않으면 나는 치료를 진행할 수가 없소."

정신과 의사 오토 뷜스텔

교수는 이렇게 말하면서 입을 벌리며 웃음을 머금었다.

"자 해보시오, 친애하는 펠레가타 씨. 자유로이 스스로에게 말해도 된다니까. 이 일이 내게 얼마나 즐거움이 되는지 눈에 보이지 않소?"

"그야 뭐, 만약 진짜로 선생님께 기쁨이 된다면야 못 할 것도 없긴 하지만요…"

"'만약'이나 '하지만'이란 말은 절대 하지 마시오. 상황이 어언 의식의 단계에서까지도 분명히 밝혀졌소. 지금까지 아주 잘돼 왔어요. 기분이 좀 홀가분해진 것 같지 않소? 오늘 밤부터는 훨씬 잘 잘 수 있을 거요."

그와 반대로, 단테 펠레가타는 그날 밤 도무지 눈을 감을 수조차 없었다. 무서운 심계항진에다 정신착란 증세마저 생기고 말았다. 아버지가 죽어버리기를 원해왔다는 그 생각 때문에 밤새 끔찍한 악몽에 시달려야 했다. 이 문제는 그에게 있어 남보다 몇 곱절 더 심했다. 그도 그럴 것이, 그는 나면서부터 고아였던 것이다. 이 사실을 의사에게 말하지 않은 것은 단순히 그 사람 말에 반박하고 싶지 않아서였다. 그러나 온 밤을 그렇게 보내고 난 뒤에는, 해가 뜨기가 무섭게 빌스텔 교수의 연구실로 뛰어들었다. 순간 그는 자기 아버지가 누군지조차 전혀 모른다는 사실을 고백할 용기가 솟아올랐다. 오토 빌스텔은 배가 터져라고 웃음을 터뜨렸다.

"어이구 펠레가타 씨, 내 연구를 헷갈리게 만드는 그런 천진한 말을 하러 아침부터 찾아오셨단 말이오? 당신이 아버지를 알지

정신과 의사 오토 뷜스텔

못한다는 사실이 뭐 그리 중요하단 말이오? 지금 이건 무의식의 상징해석학에 관계된 일이라니까. 아버지의 역할이란 어머니도 얼마든지 대신 맡아 할 수 있다는 거요. 결핍된 자기 배우자의 위치에 어머니가 하도 신경을 쓴 나머지 잠재적인 공격성을 드러내는 거란 말이지…"

"근데 말이죠 교수님, 저는 어머니도 없는 고아거든요…"

"아 이거 참, 사람이 고집 부리는구만!" 교수는 성을 버럭 내었다. 동공이 전에 없이 둥그렇게 커지고 왼쪽 귀가 이상하게 경련을 일으킨다. "당신 이제 보니 정말 아무것도 모르는 사람이구만! 그건 상징에 관련된 문제라고 내 벌써 말했지 않소, 응? 이 상징이란 것은 식구들 중에 누구든지 그 역할을 맡을 수 있다는 뜻이오. 십중팔구는 당신 안사람이 공격적이고 권위적인 타입이 돼가지고, 우울하고 항시 긴장하고 있는 타입인 데다 불안정하고 내향적인 성격을 지닌 당신에게 영향을 미쳐서, 안사람의 권위에 대항해 그런 식으로 적개심을 품게 된 것 아니오…"

"교수님, 유감입니다만, 보시다시피 저는 총각입니다. 혼자 살고 있는데요…"

"아하, 그럼 당신 이게 다 일부러 그런 거였구만!" 오토 뷜스텔이 으르렁거렸다. 이제라도 막 무의식적인 분노의 구덩이로 떨어지는 희생물이 될 참이라는 표시가 역력하였다. "아버지도 없고, 어머니도 없고, 부인도 없고, 아니 그럼, 대체 뭘 하겠다고 날 찾아와서 시간만 잃어버리게 만든 거요? 당신 말이지, 모순 덩어리

정신과 의사 오토 뷜스텔

29

에 부적응아인 데다가 아주 불안정하고, 무엇보다도 아주 귀찮은 사람이야! 그러니 자신도 잠을 잘 수가 없지. 당신 같은 사람에게는 정신분석말고 다른 게 필요하다구. 오늘 찾아와서 한 얘기를 통해 분명하게 드러난 사실이지만, 당신 인간 이하의 지능을 가지고 있다는 것을 알고나 있소? 나는 당신에 대한 모든 책임을 거절하겠소. 협력도 할 줄 모르고, 진단만 자꾸 기피하려 하고, 시건방진 지적만 하려 들고 말이야. 내가 애써 관심 두고 하는 일에 도대체 무슨 도움이 될 건덕지가 없는 사람이구먼. 당신 불면증은 당신이 알아서 하시오. 카모밀라 차나 좀 마시든지, 낱말 풀기 게임이라도 하든지, 텔레비전을 보든지, 당신 멋대로 해보시오. 그리고 날 찾아와서 성가시게 좀 굴지 말란 말이야. 내 비서한테 계산이나 좀 해주시고 그만 가주시오. 내 더 이상 시간을 낭비하고 싶지 않으니까. 에이 염병할, 도대체 어쩌자고 이런 작자들까지 다 이 오토 뷜스텔을 찾아오느냐 말이야. 사람 미칠 노릇이네!"

펠레가타는 아주 심사숙고하여 자신의 문제에 대처하였다. 진료비를 지불하기 위하여 오랜 기간 사무실에서 초과근무를 해야 했던 그는 매일 저녁 카모밀라를 마시고 낱말 맞추기를 풀었으며 텔레비전을 시청했다. 그리고 얼마 지나지 않아 아주 곤하게 잠을 잘 수 있게 되었다.

그로부터 세월이 꽤 흐르고 나서야 그는 오토 뷜스텔같이 막강한 정신과 의사를 찾아갔던 일이 자기에겐 큰 행운이었다는 사실을 깨닫게 되었다.

펠리체 씨의 사모님

우리집 이웃에 사는 펠리체 씨의 부인 주디타 가나사 여사는 그 육중한 풍채와 당당한 걸음걸이, 부리부리한 눈망울로 누가 보든 단박에 튀는 타입이다. 그녀의 목청은 마치 무슨 초음파와도 같아서, 언제나 분명하고 딱부러진 말투가 몇 겹의 벽이라도 여지없이 뚫고 나와 생생하기 짝이 없게 들린다. 그런 말 중 한 예로, 자기 남편이 집을 나설라치면, "여보, 왜 그 남색 저고리 안 입었어요?” 그러면 99퍼센트의 경우에 남편은 남색 저고리로 갈아입으러 제 방으로 다시 들어간다. 그럼 나머지 1퍼센트의 경우에는? 이 경우가 바로 펠리체 씨가 제 부인의 말을 듣지 않는 유일한 경우이다. 이유는 분명하다. 남색 저고리를 이미 입고 있기 때문이다.

　이런 일들이 시도 때도 없이 일어나지만, 가나사 부인은 자기 인생의 충실한 동반자에게 품고 있는 크나큰 애정과 존경심 또한 서슴없이 나타낸다. 남편이 눈 하나 깜짝 않고 입의 지퍼를 꼭 닫은 채로 함께 앉아 있는 자리에서도 그녀는 그러한 제 속내를 밝혀 말하길 전혀 서슴지 않는다. 마치도 자기 남편이 벌써 별세하기라도 한 것 같은 그런 경애심을 가지고 이야기를 늘어놓는 것이다. 이런 경우에는 남편의 온 존재가 주디타 부인의 가슴속에 이미 고스란히 들어 있어서, 옆에 앉아 있는 남편은 전혀 ‘참견해야 할’ 필요가 없는 것처럼 보일 정도다.

　이런 일은, 몇몇 인류학자들이 주장하는 큰 뱀 보아에게서 일어나는 현상과 마찬가지로 가나사 부인이 제 배우자를 완전히 흡취했기 때문이 아니다. 다만 남편이 부인의 손아귀에 ‘쥐어져’ 버리는 심리적 ‘포로’ 현상 탓으로 일어나는 것이다. 부인이 남편에게 할 일을 만들어주는 첫번째 인물이 되는 것 역시 아마도 바로 이러한 연유가 아닌가 한다.

　가나사 부인의 모습 중에 가장 강력하고 충격적인 부분은 바로 그녀의 두 눈이다. 그녀는 참으로 경이롭고 범상찮은 눈을 가졌다. 그 두 눈은 못 보는 곳이 없다. 파리의 눈과 똑같은 것이다.

그러나, 따로 이렇다 할 무기를 갖추지 않은 이 날벌레의 눈은 다만 생존을 위한 기능을 수행할 뿐이지만, 그녀의 눈매는 상대방이 누가 됐든 간에, 또 상대가 설사 무장을 하고 덤빈다 해도 그의 오장육부를 완전히 관통하여 얼어붙어 버리게 만들고 만다. 그녀의 눈이 발견한 첫번째 과녁은 바로 펠리체 씨였으나, 시간이 흐르면서 과녁의 수효는 상당히 늘어났다. 그 중 한 사람은 바로 이웃 9번지에 사는 재봉사 아델리나 아주머니로서, 주디타 부인이 찾아올 때마다 속으로는 그녀가 들고 오는 치마를 머리통에 뒤집어씌우고 차마 입에 담지 못할 욕설을 내뱉으며 문밖으로 쫓아버리고 싶은 마음이 굴뚝 같지만 실제로는 찍소리 한번 못하고 열 번이고 스무 번이고 치마 허리 뒷주름을 주문대로 고치고 또 고쳐서 재봉해 주는 사람이다.

같은 처지에 놓인 또 한 사람으로는 스팔란자니가(街) 모퉁이에 있는 정육점의 주인 가우덴지오 씨가 있다. 그는 주디타의 활활 타오르는 퉁방울 눈동자 두 개가 노려보는 가운데 통송아지 고기를 부위별로 썰어야 한다. 그녀가 좋아하는 엉덩이살과 국을 끓이는 데 쓸 무릎뼈 조각, 개에게 줄 허파에다가, 고양이와 이빨 없는 남편을 위해 잘게 간 등심 등을 성심껏 준비해 준다.

그녀의 궁정에서 유일하게 찾아볼 수 없는 존재는 바로 '여자'이다. 이 여자란 존재가 있었던 적도 있긴 하다. 그러나 마지막 파출부는 주디타가 여왕처럼 대접해 줬음에도 불구하고 그만 일주

나폴레옹의 후예들

3 4

일을 넘기지 못하고 가버리고 말았다. 며칠 전 직접 이렇게 해명한 바 있다.

"그런 게으름뱅이하고는 정말, 아니…, 빨래는 전자동 세탁기가 없으면 절대로 안 할 뿐만 아니라, 와이셔츠도 하나 다릴 줄 모르고, 주방일에 신경 쓰는 적이 있나, 우리 네 '보물단지들'을 제대로 돌볼 줄을 아나요(네 '보물단지들'이란 그녀가 네 '아들들'을 남에게 맡기게 될 경우에 부르는 이름이다). 그뿐인가요, 허영은 또 얼마나 심한지 말도 못해요. 글쎄, 옷차림까지 한사코 나하고 똑같이 하고 다니려 드는 거예요… 염치도 모르는 여편네라니까!"

그녀가 머리를 하러 미용실에 가거나 마사지실에 갈 때 네 '보물단지들'을 돌보는 것과 같이 큰 노력이 드는 일은 제 친정 어머니의 친구들을 찾아가 맡기거나, 심한 경우에는 근교에 사는 늙은 이모 아달지사를 찾아가 이모가 그만 맥이 빠져 혀가 늘어질 때까지 맡겨놓곤 한다.

바로 이런 사람들이 그녀가 다스리는 왕국의 신하와 백성들이다. 이들 위에는 그녀의 자비가 아낌없이 듬뿍 베풀어진다. 이 왕국 밖에 사는 이들은 그녀에게 단지 괴물 같은 존재밖에 되지 않아서 그냥 '그 집 사는 그치'나 '저쪽 집 여편네' 정도로 비치는 데서 끝날 뿐이다. 그녀 왕국의 주변에 옹기종기 붙어살지만, 그녀가 알고 싶어하지도 않고 또 알 필요도 없는 이들이다. 그 중의 한 예로 3층에 들어와 사는 푸치니 부인을 들 수 있다.

주디타 여사가 이렇게 말한다. "그 뻔뻔스런 여편네가 내 것하고 똑같은 수준의 고급 모피를 샀어요. 이건 말예요, 그 여편네가 내 울화통을 터뜨리기로 작정하고 그런 짓을 한 게 틀림없다구요. 흥! 어림 반푼어치도 없지! 그리구 그 여자는 제가 무슨 페미니스트입네 어쩌네 하고 다니는 모양인데, 그런 게 뭐 요즘 세상에 유행이라도 되는 줄 아나봐요!"

가나사 여사는 자신이 이미 수없이 확언한 바 있듯이 여권 신장 차원에서 벌이는 여러 운동들에는 무엇 하나 찬성인 것이 없다. 그녀의 의견을 들을 것 같으면 여성이 남성과 똑같은 권리를 획득하는 일은 오히려 문명생활에 있어 한 걸음 퇴보하는 게 된단다.

"아아, 만약에 동네에서 마주치기만 해봐라!" 분을 참지 못하며 연신 입을 놀린다. "사나운 꼴을 당하게 해주고 말 테니까…"

"여보 주디타!" 펠리체 씨가 목숨 내걸고 한마디 간섭한다. "그렇게까지는 안 해도 될 것 같은데… 그래도 그 여자 우리한테는 꽤 친절한 편이지 않소…"

"당신 입 다물어요. 당신은 도무지 딴 사람 편은 들어도 당신 아내 편 드는 적이 없는 사람이에요! 그러니 내가 딴 사람 발 밑에 깔리지 않으려면 천상 내 스스로 나서서 딴 사람을 내 발 밑에 깔고 서야지, 그렇게 안 할 수가 있겠어요? 당신, 그 여편네가 옳다고 생각하는 거죠? 그렇죠? 당신 같은 이를 위해서 평생을 희생한 여자한테 어쩜 이런 모욕을 줄 수가 있어요? 펠리체 당신, 입조심하세요! 한마디라도 더 했단 봐요. 나쁜 소문을 온 동네에

퍼뜨려놓고 말 테니…"

부인이 이렇게 어쩔 수 없이 언성을 높이게 되면, 이웃들이 놀라 뛰어올라오거나 119 구급대가 도착하는 등의 불상사가 생기는 걸 막기 위해 펠리체 씨가 한결같이 취하는 효과 만점의 처방이 있다. 그 즉시 숨쉬기를 멈춰버리는 것이 바로 그것이다.

이윽고 폭풍이 가라앉으면, 주디타 부인은 남편이 오직 그녀에게서 가장 이상적인 여성상을 발견했다는 사실에 동감을 표시한다. 마지막으로 남편 역시 그녀와 결혼한 이래로 자기는 언제나 펠리체였다는 사실을 시인하기에 이른다(이탈리아어 이름 펠리체 [Felice]는 원래 '행복한'이란 뜻의 형용사 felice에서 온 것으로, 문자상으로는 구별이 되나 대화할 때는 대소문자 구별이 되지 않는다. 따라서 펠리체 씨가 "나는 당신과 결혼한 이래로 언제나 펠리체[Felice]였다"고 하는 말을 그의 부인은 "나는 당신과 결혼한 이래로 언제나 행복했다[felice]"는 말로 알아들은 것이다—옮긴이 주).

펠리체 씨의 사모님

위대한 달리

"지금 보시다시피, 내가 바로 그 달리(스페인의 유명한 화가 살바도르 달리를 빗대어 만들어낸 이름이다—옮긴이 주)란 사람이오. 내 당신한테 분명히 말해 두는데, 내가 알고 있는 한 이 세상에서 유일한 천재가 바로 나 달리란 사람이오!"

위대한 화가, 세기의 마에스트로인 그가 자기를 인터뷰하는 기자 브레텔라 앞에서 이 재미있는 선언을 하고 있다.

"당신 가만 보니, 내가 하는 말에 놀라고 있는 모양인데. 하지만 내 예리한 통찰력으로 꿰뚫어보건대, 위대한 예술에 대해서 별로 이해할 줄 아는 게 없다는 점에서는 당신 역시 다른 기자들과 다름없는 사람이군. 그렇지 않소, 기자 양반?"

《카페 에스프레소》(*Caffè Espresso*)지(誌)가 특별히 선발해 보낸 기자 오스카 브레텔라는 위대한 달리의 이런 비아냥거림에 눈 하나 깜짝하지 않는다. 이미 몇 주 동안이나 약속이 연기돼 버리는 일을 수차례 겪은 바 있는지라, 그만한 명성을 지닌 인물과의 인터뷰가 또다시 깨어지는 것을 원치 않는 것이다.

달리가 말을 잇는다.

"난 말이지, 이유식을 먹기도 전에 벌써 내가 다른 사람들과는 다르다는 느낌을 강하게 가지고 있었는데, 그게 확신으로 바뀌는 데는 별로 많은 시간이 필요하지 않았어. 하나같이 남다른 데라곤 없는 다른 사람들, 시내버스를 가득 채워 만원이 되게 만드는 데 밖에는 따로 쓸모가 없는 사람들하고는 다르다는 것 말이오. 그리고 또 한 가지, 내가 특출난 천재성을 지니고 있다 해서 나를 용서 못하겠다는 사람들도 있는 모양인데, 그건 내 탓이 아니라구. 그게 다 당나귀 짖는 소리 같은 비평가 나부랭이들이지. 나더러 괴짜치고는 너무 지나치다고들 지껄이는데 말이야…, 도대체 위대한 예술가에게 용납되지 못할 일이 뭐가 있다는 거야?"

18세기식으로 자수를 놓은 핑크와 레몬색의 멋진 상의 깃을 추스르더니 말을 잇는다.

"내 마음을 비우고 겸허하게 말하건대, 내 작품은 모든 시대를 통틀어 가장 훌륭한 것들이오. 나와 동시대 화가들의 그림에 대해 한마디 하자면, 아주 낙관적으로 말한다 해도, 다들 지루하기 짝이 없어서 하품이나 나오는 것들뿐이지. 문예부흥 시대로 거슬러 올라가서야 겨우 어느 정도 가치 있는 내 아류 작품을 좀 찾을 수 있을 게요. 현대 예술을 구원할 유일한 인물이 바로 이 달리뿐이라는 것도 바로 이런 이유로 하는 말이지. 이제는 모두가 내 미술학교를 '달리에티카'라고들 부르는데, 이 학교의 교장을 맡을 만한 자가 나말고는 아무도 없기 때문이야. 도무지 사람이 있어야 말이지. 화가랍시고 불리는 사람들은 전부가 하잘것없는 페인트공에 불과할 따름이라니까…"

"마에스트로의 작품을 모사하는 이들도 많이 있다지요?"

"나는 내 가짜 서명이 들어간 그림 때문에 걱정을 해본 적이 없지. 내게 지불되는 수표에 들어가는 가짜 서명만 빼고 말이오. 뿐만 아니라…"

달리는 콧수염을 만지작거리며 말을 잇는다.

"내 창작품들을 베끼는 것은 절대로 쉬운 일이 아니오… 예를 들어볼까. 기자 양반, 오른편에 있는 저 커다란 천을 좀 살펴보시오."

"이건 침대 시트가 아닙니까!"

"어허, 순진하기는. 색조의 관점에서 볼 때 어떻게 보이느냐 말이오."

"예, 뭐 그저, 저 안쪽의 색조를 보니 아마도 시트를 좀 빨아야겠다는 느낌이 드는군요."

이 위대한 달리는 한쪽 눈을 반쯤 감고 그윽한 명상에 빠진 채

위대한 달리

41

로, 브레텔라의 무지한 말을 듣지 못한 척하며 다시 입을 연다.

"저 윗부분에 고통스럽게 찔린 듯한 상처를 보았소?"

"뭐가요! 저 찢어진 곳 말씀인가요? 예, 보입니다… 저한테도 가끔 같은 일이 일어나지요. 보통 침대 바퀴 하나가 빠졌을 때 시트를 잘못 걷어내면 저렇게 찢어지거든요."

"저건 말이죠, 기자 양반, 소위 '알파' 표시로서 영원을 향해 펼쳐진 인간의 현실을 나타내는 거요. 아닌게아니라 내가 만든 이 최근작의 제목이 바로 '무(無) 속의 존재'라오."

"아, 제가 예술가가 아니라는 사실이 참으로 안타깝습니다. 사실 저 역시 때때로 이런 '무 속의 존재'를 만들게 되곤 하거든요. 한데 제 집사람은 이 분야에 대해 전혀 아는 게 없어 그 무 속의 존재가 생겨날 때마다 재봉틀로 사정없이 박아버리곤 한답니다… 자, 그러면 이제 《카페 에스프레소》 독자들을 위해 한 말씀 해주시겠습니까? 마에스트로께서 예술가가 된 동기는 어떤 것이었으며, 그 가능성을 처음으로 발견해 키워준 이는 누구였는지요."

"아니 대체 누가, 화폭을 엉망진창으로 망가뜨릴 줄이나 아는 이런 아마추어 무리 가운데 도대체 그 누가 나의 스승이 될 수 있었단 말이오?"

"용서하십시오, 선생님. 하지만 들리는 소문에는 카포초니 씨가 바로 그였다는 얘기가 있어서…"

"아, 그 사람이야 자기가 내 스승이었다고 지껄이곤 하지. 우리가 어느 기간 동안 함께 작업을 한 적이 있었으니까. 하지만 나는 그를 떠날 수밖에 없었지. 그 사람의 천편일률성이 나를 위태롭게 만들었거든. 그의 존재 자체가 벌써 내 영감을 가로막곤 했지요."

"마에스트로께선 천 이외에 다른 재료로도 작업을 하십니까?"

"물론이지. 세상에 존재하는 피조물이면 뭣이든지 예술작품의 탄생을 위해 한몫 할 수 있는 법이오."

이렇게 말하는 그는 내심 흐뭇하다는 듯 팔을 들어 널따랗게 펼치며 온갖 잡동사니가 쌓여 있는 한쪽 벽을 보여준다. 빈 푸대 자루, 바닥이 푹 빠진 소파, 커다란 솜뭉치들, 나폴리식 커피포트, 원두커피 분쇄기, 이탈리아 보병대가 쓰던 낡은 자전거 부품들이 보인다. 일순 브레텔라의 눈길이 '인간 초월 48'이란 제목이 붙은 구성 작품에 쏠린다. 자세히 보니 낡은 자전거 바퀴 여기저기에 은박지를 덮어씌워 붙인 물건이다.

"마에스트로, 이 〈인간 초월 48〉이란 작품이 아주 흥미를 끕니다만…, 설명을 좀 해주시겠습니까? 무슨 뜻이 들어 있는지 전혀 이해가 안 되는군요. 어떤 48이란 것이 보이긴 보이는데…, 구성의 역학이랄까 혹은 구조 같은 것은 납득이 잘 안 갑니다."

"아니 당신 지금 뭘 알고 싶다는 거요? 예술이란 선구자들을 위한 언어란 사실을 모르시오? 아주 희귀한 지적 능력을 지닌 사람들을 위한 것이란 말이지… 당신에겐 그런 능력이 전혀 없어요. 그러니 나의 이 〈인간 초월 48〉을 이해 못하는 게 당연하지. 내가 당신에게 그 의미를 설명해 준다면, 그건 내가 정신이 나간 거나 다름없다는 말이 돼. 예술이란 설명할 수 있는 성질의 것이 아니

나폴레옹의 후예들

44

오. 예술은 곧 삶이거든. 신비의 세계 속으로 깊숙이 침투해 들어가는 일이니까…"

"아닌게아니라 저 작품이 제게는 벌써 하나의 신비이긴 합니다…"

"그런 멍청한 말만 늘어놓지 말고, 뤼송 멍테카의 글이라도 좀 읽어보시오. 최근 내가 파리에서 전시회를 가진 뒤에 그 프랑스의 날카로운 비평가가 기사를 썼지. 멍테카의 기사마저 보고 싶은 마음이 없다면, 당신은 완전히 구제 불능이오."

그가 벽에 붙은 신문 기사 조각을 신경질적으로 나꿔채서 기자의 손에 쥐어주자, 브레텔라는 우물우물 기사를 읽어내려간다.

"달리 안에서 존재의 이중성은 내면으로 가라앉아 심미적 승화의 단계를 거친 뒤 새로이 표출되기에 이른다. 이는 무한을 향하여, 무의미를 향하여 소리 없이 다양한 형태로 터져나가는 폭발을 통한 승화, 달리 이전의 회화에서는 전례를 찾아볼 수 없는 일종의 비표현 금속재를 통한 승화로써 재현되는 것이다."

"이제 뭘 좀 깨달았소?"

"…"

박사 교수 탈리아카로로

암레토 탈리아카로로는 박사일 뿐만 아니라 대학 강단에 서는 교수이자 세계적으로 유명한 외과의인 동시에 '카라 살루스 클리닉'(카라 살루스[Cara Salus]란 라틴어로 '값비싼 건강'이란 뜻이다―옮긴이 주)의 원장이기도 하다.

그는 병자의 증세가 얼마나 위독한가는 전혀 상관하지 않고 절대적으로 1년 이상 미리 해두는 예약만 받는다. 다만 평균 수준 이상의 환자에 한해서 때때로 예외를 허락한다. 1회 진료비의 평균 수준인 50만 리라 이상을 지불할 능력이 있는 환자에 한해서 말이다.

탈리아카로가 집도하는 곳은 대개 자기 개인병원인 카라 살루스 클리닉이다. 그가 근엄한 몸짓으로 다스리는 이곳에는, 그의 말이라면 무엇이 되었든 간에 온몸을 던져서 경청하며 서로 질세라 먼저 동의를 표하고 싶어 안달하는 한 떼의 의사진이 있다.

한 환자를 방문할 때 이 고명하신 거장께서 "이야말로 정말 훌륭한 탈장의 표본이오!" 하고 한마디만 했다 하면, 모두가 한 목소리로 장단을 맞추고 든다.

"굉장합니다 교수님! 정말이지 놀라운 표본이군요!"

언젠가는 자기들도 똑같은 성공을 하여 똑같은 보수를 받으며 먹고살 수 있는 날이 오기를 손꼽아 고대하며 밤이고 낮이고 위대하신 스승의 전례를 본받고자 심혈을 쏟는 이 사냥개들의 무리 속에는, 수년간 한결같은 동의를 표시해 오면서 남보다 유난히 발달된 목 근육의 반사신경 덕분으로 교수 마음에 쏙 들어 조수로 발탁된 두어 사람이 있다. 자격을 부여받으면 그들은 교수가 도저히 모든 것을 혼자 다 처리할 수가 없어서 그들 손에 떨궈주는 부스러기들을 가지고 걸음마를 시작한다. 부스러기라 함은, 내로라 하는 기업인들의 탈장 수술, 5급 이상 공무원들의 맹장이나 중소기업 사장들의 십이지장 수술 등과 같은 종류의 일들이 되겠다.

이런 모든 이유와, 아직도 많은 또 다른 이유들로 해서 탈리아카로 교수는 평범한 시민이라면 그 누가 아무리 필요로 해도 절대 만나줄 수가 없을 만큼 사회에서 없어서는 안 될 중요한 인물들의 명단에 들게 되었다. 그리하여 고통받는 환자의 크나큰 어려

박사 교수 탈리아카로

나폴레옹의 후예들

움을 해결해 줄 능력이 있는 사람이 세상에서 탈리아카로 하나밖에 없다는 얘기를 들은 환자 가족들은 이 저명한 임상의에게 예약을 따내기 위하여 갖은 방도를 다 동원하기에 이른다.

그의 자택 주소는 어디에서도 찾을 수가 없다. 겨우 전화번호라도 알아내 전화를 걸면 부드럽고 상냥한 여비서의 목소리가 아마 자동응답기에 녹음된 듯 이런 말을 되풀이한다. "교수님께서는 출타중이십니다! 교수님께서는 병원에 계십니다! 교수님께서는 출국중이십니다!"

돈 많은 환자의 가족이라면 처음 맞부닥뜨리는 이 난관 앞에서 두 손 들지 않고 다른 여러 가지 시도를 계속한다. 그 중 어떤 이들은 이른바 '이탈리아식'이라고 명명된 방도를 쓰는데, 이를테면 안면 있는 장관이나 국회의원 또는 정부 각료 같은 이들을 찾아가 끈질기게 청탁을 하는 일이 그것이다. '히피' 기술을 쓰는 이들도 있다. 이들은 병원 문앞에서 텐트와 오리털 침낭으로 무장한 채 밤새 기다리고 있다가 교수가 계획에 없이 갑자기 병원에 나타나야 할 일이 생길 경우 그를 놀라게 한다. 또 어떤 이들은 'UN' 방식을 쓰기도 하는데, 그래도 이들이 가장 진보된 부류에 속한다 하겠다. 이들이 찾아가는 사람은 신중하고 수완이 뛰어난 중개업자, 파리 같은 데서 학위를 받았을 법한 알선업자이다. 이 정도 수준의 협상가라면 환자가 충격을 받아 죽어버리지 않을 만큼의 수준 이내에서 수술비를 책정해 타협을 보는 막중한 임무를 성공적으로 수행할 수 있으리라 믿어지는 것이다. 어쨌든 이런 사업을 추진하는 일은 환자 본인이 아니라 가까운 가족 중 한 사람이 맡는 게 보통이니 그나마 다행이라고 할까. 환자의 친지와 알선업자 사이의 대화는 대략 이런 식으로 풀려나간다. "보십시오, 선생님." 알선업자가 부드러운 말투로 입을 연다. "선생님께선 지금 제게 불가능한 일을 요청하고 계시는 겁니다. 교수님의 스케줄은 벌써 내년 8월까지 빈틈없이 꽉 채워져 있거든요."

"그렇긴 하지만 환자의 상태가 얼마나 위중한지 잘 아시잖습니까…"

"아, 그 말씀은 사실입니다. 에, 힘들지만 그럼 어디 예외적인 예약이 가능할지 한번 좀 볼까요." 이렇게 말하며 알선업자가 업무수첩을 펼쳐 뒤적이기 시작한다. "하지만 절대 비밀은 지켜주셔야 합니다. 자, 여기에 집어넣으면 될 것 같습니다. 론진 경의 신장결석 수술 예약을 옮기면 되겠군요. 됐습니다! 이렇게 되면 벌써 가능한 예약 진료 시간은 여섯…"

"엿새 뒤 말씀이지요?" 환자의 친지가 안도의 한숨과 함께 침을 삼키며 말을 막는다.

"선생님, 농담이시겠지요. 제 말씀은 여섯 달 뒤라는 겁니다. 정확하게 9월 18일이 되겠군요. 만족하십니까?"

"감사합니다!" 벌써 기적적으로 건강이 회복된 환자 본인이라도 된다는 듯 친지가 대답한다. "기다리기에 조금 오랜 감은 있지만, 그래도 교수님 두 손에 일을 맡길 수 있다는 데야 뭔들 못 하겠습니까…"

"그건 그렇고, 선생님께서는 현재 시행중인 진료 가격에 대해 알고 계신지 모르겠습니다…"

"뭐 좀 들은 애기가 있긴 있습니다." 툴툴대는 친지의 말투다.

"선생님께서도 아시는지 모르겠지만, 교수님께서는 당신 자신의 의도대로 하지 못하시고 어쩔 수 없이 약간의 변동을 감수하셔야만 했습니다. 선생님께서도 그분이 얼마나 넓은 아량을 베푸는 분이신지는 아시지요. 턱없이 인상되는 생활비 탓으로 피치 못하게 그렇게 하신 거거든요. 정말 어쩌자고 이렇게 모든 게 비싸지기만 하는지, 망할 놈의 세상입니다! 어쨌든, 제 말씀은 그러니까, 수술비의 기본이 대략 잡아서 한 열…"

"열 장이요?"

"예, '카라 살루스'에 입원하는 데만 백만 리라가 듭니다. 이건 일반적인 액수입니다. 입원 수속하실 때 지불하시면 됩니다."

"그러면, 하시던 말씀은 그러니까, 수술비로는 얼마나…?"

"예, 제 생각엔 기본료를 그 정도로 보신다면 다 가능할 것 같군요. 그게 그러니까, 제가 여러분을 제 가족의 가까운 친구분들이라고 소개하면 되니까 말씀이죠…"

"이거 참 고맙습니다. 나중에 잊지 않고 꼭 사례하겠습니다."

"서두르실 것 없습니다. 제 말씀은 그러니까, 별문제가 없으시다면 말이죠, 그… 열 장은 미리 원무과에 납부하셔야 된다는 점입니다. 뭐 그냥 형식적인 절차이긴 합니다만, 탈리아카로 교수님께서 이 점을 아주 중시하시거든요. 왜냐하면, 그분은 돈이라면

박사 교수 탈리아카로

51

질색팔색이라서 직접 눈으로 보고 싶어하시지도 않는 분이니까요. 정말 위대한 이상주의자 아닙니까. 그분의 꿈이 뭔지 아십니까? 환자들을 무료로 수술해 주는 일이라니까요. 하지만 한번 생각해 보십시오. 물가가 마냥 이렇게 뛰기만 하는데 어떻게 그런 일을 이룰 수 있겠습니까? 참 애처롭기 짝이 없는 일 아닙니까!"

막상 외과 수술비는 간을 통째로 끄집어내주는 것만큼 비싸게 먹힌다. 하지만 일단 수술 예약은 받아놓았으니까. 즉 필요한 비용을 미리 지불해 놓기만 하면 교수가 집도할 것이 확실해진다는 말이다. 그러나 한편으로, 수술 결과는 신의 손에 달려 있다. 모든 게 신의 손에 달려 있다는 이 말은 또한, 수술 결과가 만족스럽게 풀려나오지 않을 경우 교수 자신이 짐짓 심각하고 진지한 표정을 지으며 넌지시 던지는 한마디이기도 하다. 암레토 탈리아카로 역시 자기 나름대로의 신앙관을 가지고 있기 때문에, 특히나 이렇게 일이 잘 풀리지 않을 경우 자신의 그런 신앙심을 내보이기를 주저하지 않는다.

반면, 수술이 제대로 되었을 경우에 환자는 '카라 살루스 클리닉' 입원비와 수술비 외에는 앞으로 속태울 일이 하나도 없다. 그리고 실제 계산면에 있어 교수는 지극히 타의 모범이 되는 신중함과 세심함을 보인다. 그 '열 장'에 대해서는 영수증도 떼지 않을 뿐더러, 국세청에 소득 신고도 하지 않음은 물론이다. 아마도 직업적 비밀 유지와 관련된 어떤 사정이 있어서 그런지는 모르겠지만 말이다.

박사 교수 탈리아카로

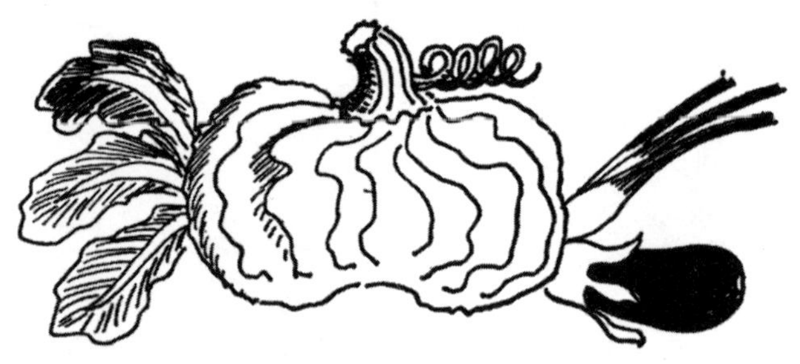

채식주의자 자코모 파팔라르도

"만일 고대로부터 우리의 선조들이 채식주의자였더라면," 내 이웃에 사는 자코모 파팔라르도 씨가 한껏 권위를 세우며 확언한다. "동족을 살상하는 전투나 피바다를 연출했던 수많은 유혈 혁명 등 탐욕스럽고 야만적인 인간이란 존재가 수십 세기 동안 저질러 온 것과 같은 그 모든 저질적 만행들은 일어나지도 않았을 것이라는 이론이 사실로 증명됐소."

그의 지론을 들어볼 것 같으면, 채식요법이야말로 인간의 미래에 있어 유일한 희망이 된다는 것이다. 순조로운 혈액순환, 규칙적이고 건강한 장의 활동, 위산과다 현상의 완벽한 제거 등으로써 인간으로 하여금 건전하고 평화로운 정신을 회복하게 하여 궁극에 가서는 행복한 삶을 영위할 수 있도록 인도해 주는 유일한 처방이 그것이란다. 그런데 그 위산과다란 것은 다름아닌 그의 가족들 모두가 하나같이 가지고 있는 증상인 데다, 채식 다이어트를 하지는 않지만 이것을 남편에게 매일 준비해 바쳐야 하는 그의 부인 로사 씨에게 특히 심하게 나타나는 증세이다.

"당신 그렇게 채식요법을 싫어하더니 무슨 일이 벌어지는지 좀 보구려."

자코모 씨는 그녀를 개종시킬 목적으로 시도 때도 없이 이런 말을 불쑥 꺼낸다.

"당신 꼴이 정말 말이 아니구만. 피부까지도 눈에 띄게 중독된 데다가 피로한 기색이 넘쳐흐르고, 눈동자는 맥이 풀려가지고 우울증까지 합세한 것 같구만."

"내가 피곤하고 맥빠진 눈동자를 할 수밖에 더 있겠수?"

맞서는 부인의 대꾸가 앙칼지다.

"어이구, 그 망할 놈의 채소들 사다가 다듬으랴 조리하랴 얼마나 기쓰고 고생을 하는데 이 꼴이 안 되겠수…"

"여보 로사, 그렇게 배우지 못한 사람처럼 말을 함부로 내뱉는 게 아니야. 그러지 말고, 여기 국제적으로 명성 있는 채식주의자 발터 피스키에티 교수가 쓴 이야기를 좀 들어보구려."

이렇게 말하며 자코모 씨는 벌써 오래 전부터 자나깨나 손에 쥐고 사는 책을 펼치더니 목청을 돋우기 시작한다.

"자연은 인간에게 무수한 종류의 채소들을 제공해 주며, 이로써 인간은 건강하고 절도 있는 식생활을 통하여 모든 질병으로부터 자신을 지킬 수 있다. 고대의 현자들도 이런 말을 남겨놓고 있다.

채식주의자 자코모 파팔라르도

5 5

'인간은 자신이 먹는 음식과 동일한 존재이다.'"

"흥, 그런 말이 진짜 맞는 말이라면, 지금쯤 당신은 벌써 큼직하고 넓다란 식물원이 되고도 남았을 게유…"

남편은 이런 반격에도 아랑곳하지 않는다.

"알았소, 당신? 비단 먹기만 좋은 게 아니라 거기다 덧붙여 건강까지도 지켜준단 말이야. 여기 보니까 교수가 가장 권장할 만한 채소류 명단까지 실어놨구먼. 마가목, 파초, 금련화, 그리고 진귀한 각종 근채류에다 물냉이까지…, 이거 굉장하군. 당신 내일 아침 나가서, 이 채소들 좀 찾아봐요. 내 채식요법 목록에 추가해 넣어 둬야겠구만."

이미 20여 년 전부터 건강에 그렇게 좋다는, 무엇보다도 남편의 건강에 그렇게 좋다는 이 식이요법의 준비 임무를 짊어져온 로사 부인은 아침 일찍 시장에 나가본다. 한데 돌아올 때 그녀의 안색은 아무리 얼굴색 같은 것에 둔감한 사람이 보더라도 완전히 흙빛으로 변한 게 보일 만큼 기진맥진이다.

자코모 씨가 그런 안색으로 빈 바구니만 들고 들어오는 부인을 보자 걱정이 앞서 묻는 말은 이런 것이다.

"아니 당신, 어떻게 아무것도 안 들고 들어오는 거지?"

"채소장수가 내게 뭐랬는지 알아요?"

그녀가 드디어 폭발한다.

"이러데요. '아 이 아줌마가 정말, 지금 정신 나갔수? 나하고 농담하자는 거유? 아니 뭐, 브로콜리나 시금치…, 아니면 또 뭐냐,

저기 상추나 양배추꽃, 오이 같은 거라면 또 모르겠네. 근데, 마가목인지 물냉이인지 하는 거라면 말이우, 직접 나가서 구해오든지 말든지 하라구 남편한테 가서 그러시우!!’”

“에이, 그 작자는 글도 모르는 인간인걸 뭐!”

자코모 씨의 얼굴이 붉어진다.

“일자무식쟁이에다가 고기만 먹고 사는 식충이 놈! 여보, 이런 식이요법용 야채들을 어디 가면 구하는지 내가 말해 주지. 어딘지 알아? 수도원에 가면 돼. 수사들은 연구도 곧잘 하는 데다 옛날부터 약초 같은 것들에 대해 전통적으로 쌓아논 지식이 대단하다구. 그 식인종 같은 채소장수놈하고는 비할 바가 아니라니까.”

그리하여 그 다음 일요일, 식구들을 모두 잡아끌고 나와 근처 시골에 있는 수도원이란 수도원을 두루 다니며 탐색하던 끝에, 수사들과 그의 가족 평신도들의 크나큰 참을성 덕분으로 수색작전은 일단 긍적적인 해결의 실마리를 찾아내기에 이른다.

“자 그럼 내일 식사는 내가 준비하겠어.”

희한하기 짝이 없는 이런저런 풀뿌리를 가득 싣고 집으로 돌아오는 차 안에서 남편은 의기양양하여 선언한다.

“로사, 내 당신에게 말이야, 맛도 좋고 건강에도 좋은 일석이조 요리를 어떻게 만드는지 보여줄 참이니까.”

이 말을 들은 로사 부인이 갑자기 졸도할 듯 비틀거리자, 남편은 다짜고짜 차멀미를 한 탓으로 돌리며 기사도 정신을 발휘하여 차창을 열심히 돌려 내린다.

나폴레옹의 후예들

58

다음날 아침, 자코모 씨는 일찌감치 일어나자마자 부엌을 점령한다. 있는 힘을 다 쏟으며 솥과 냄비, 국자와 주걱 등을 이리저리 다루느라 지옥 같은 소음을 쏟아내며 나머지 식구들을 깨운다. 조리하느라 더럽힌 그릇이 부엌 공간 전체를 돌아가며 줄줄이 가득 차고, 접시 두 개와 국그릇 하나, 유리컵 세 개를 깨뜨리는가 하면, 부엌 바닥은 완전히 쓰레기 하치장을 방불케 만든다. 하지만 정확히 오후 두 시가 되자 호탕한 목소리로 가족들에게 선포한다.

"자, 식탁으로들 오시오. 점심이 다 됐어요!

모든 것이 완벽한 전원교향곡이다. 물을 세 번이나 갈아 끓인 야채잡탕, 수사들이 먹던 식으로 날로 썰어놓은 아티초크. 정말 질기기 짝이 없다! 식탁에 앉은 식구들은 우적우적, 질겅질겅 어금니를 열심히 움직이며 턱과 안면 근육운동을 하지 않을 수 없는 실정이다. 수달 가족의 점심식사가 꼭 이러하리란 생각이 든다. 마침내 식단의 마지막 순서에 이르러 오븐에 구운 물냉이 과자가 등장한다. 한 개씩 손에 집어 입안에 넣는 순간, 류머티즘에 붙이는 고약 냄새가 코를 찌른다. 모두가 잔뜩 겁에 질린 눈망울을 굴리며 서로를 바라본다. 오직 아버지만이 그 역겨운 물건을 맛있다는 듯 연신 집어먹으며 말한다.

"이거야말로 진짜 몸에 좋은 거야! 걱정하지 말고 얼마든지 먹고 싶은 만큼 먹어도 돼요!"

나폴레옹의 후예들

채식 다이어트 계통으로만큼은 직접 체험을 통하여 그 수많은 요법들을 몸에 익힌 자코모 씨는, 오로지 육류의 해독으로 말미암아 위장 질환을 앓고 있는 가련한 인류에게 도움이 되고자 하는 일념을 가지고 자신의 영양 섭취 방식을 널리 전파하고자 한 권의 책을 만들기로 결심하였다. 이로써 또한 그는 자신이 여태껏 마다한 적이 없었던 온갖 노고에 월계관을 씌울 수 있게 될 터였다. 이 책 내용의 일부는 피스키에티 교수의 식단을 인용하고 또 다른 일부는 완전히 독창적인 그의 이론과 실제를 담은 것으로서, 제목은 '피스키에티-파팔라르도 다이어트로 건강과 행복을'이라고 붙이기로 하였다.

"여보 로사, 판가름은 조만간에 나게 돼 있어요."

그가 부인을 돌아보며 결론짓는다.

"내 독창적인 지론이 훨씬 더 두드러져 보이리란 건 불 보듯 뻔한 일이요. 사자를 좀 봐요. 그 구제할 수 없는 육식동물이 얼마나 광폭하고 지배적인 속성을 지녔는지 좀 보라구. 한데 태어날 때부터 초식동물인 양을 볼 것 같으면 또 얼마나 온순하고 말을 잘 듣는지!"

"얼씨구, 내가 사실대로 말해 볼까요. 당신이 지금껏 먹은 채소만도 수백 수천 킬로그램이 넘을 텐데, 그래도 당신 자신을 제대로 좀 보세요. 나한텐 당신이 양이 아니라 사자로만 보인다구요…"

"아니 로사, 그건 도무지 논리에 맞는 말이 아니라니까…"

"논리 찾고 계시네! 내 논리가 뭐 어떻다는 거예요. 아무리 좋
게 봐줘도 당신은 풀만 뜯어먹는 사자인걸요."

정치가 아리고 카발로소

아리고 카발로소는 이미 초등학교 시절부터 그의 행복하고도 숭고한 장래 운명을 짐작게 하는 표징들을 나타내기 시작하였다. 그는 무슨 꾸중 들을 일을 하여 선생님 앞으로 불려나올 때도 언제나 겁 없는 눈망울을 또랑또랑 굴리며, 아직 정치의 'ㅈ'자도 모를 나이임에도 불구하고 대체 어디서 그런 화술을 배웠는지, 아니면 타고난 재능으로 지니고 있었던 건지도 모르겠지만, 그토록 교묘한 말주변으로 요리조리 빠지며 오히려 선생들을 요리할 줄 알았기 때문에, 참담해진 선생들은 그저 그를 제자리로 돌려보내지 않고는 배기지 못하였다.

그는 자기 정당의 전단을 배포하고 벽보를 붙이는 일로부터 정치 편력을 시작하였다. 그리고 이 일에서 크게 인정받았다. 위대한 정치 사상들을 가득 적은 벽보를 담벼락이나 전봇대에 풀로 발라 붙이는 막중한 임무를 완수하는 데 그처럼 고도로 숙련된 기술을 발휘한 자는 일찍이 없었던 것이다. 그 어떤 청소부가 제 아무리 갖은 수단을 다 써봐도 도무지 떼어낼 엄두를 못 내었다. 그의 방식대로 붙이지 않은 벽보들은 제대로 붙어 있는 일이 없었다.

이 첫 관문을 통과한 뒤에 그에게는 좀더 세심한 주의가 필요한 임무들이 맡겨졌다. 예컨대 예술적인 소질을 발휘하여 국가의 가장 중요한 여러 기념물들 정면에 붓과 페인트로 글과 그림을 칠해 넣는 일이었는데, 이는 정당의 상징을 영원히 기념하려는 목적으로 행하는 것이었다.

이렇게 다양하고 심오한 경험들을 통해 성숙한 단계에 이르렀을 때, 하루는 그가 속한 부서의 책임자가 이런 말을 하였다.

"아리고, 이제는 자네가 장차 있을 내일의 투쟁에 맞갖은 인물로 새로 태어나기 위해 공부를 좀 해야 할 때가 되었네."

그는 정당의 연수원에 다니는 동안, 국회의원으로서 교육 과정을 맡고 있던 연수원장 마뇨네의 눈에 쏙 들었다. 마지막 학기의 시험을 최고 성적으로 치러내자 마뇨네는 그를 자신의 특별보좌관으로 임명하였다.

"카발로소 군, 내 말 좀 들어보게."

마뇨네가 그를 자기 보좌관실에 앉혀놓고 아버지처럼 자상하게 입을 열었다.

"이제 자네는 좀더 높은 성숙도를 이루어내기 위해 다시 한걸

정치가 아리고 카발로소

음 앞으로 나아가야 하겠어. 앞으로는 자네가 수많은 사람들을, 특히 우리 당의 당원들과 지지자들을 상대해야 할 테니까 말일세. 자네는 항상 모든 사람을 기쁘게 해야 한다는 점을 명심하게. 무슨 요청이든 해오는 사람들 모두에게 대답을 해주되, 절대로 아무에게도 아니다, 혹은 안 된다는 대답을 해서는 안 되네. 이 모든 경우에 임해 언제나 'Min.Port.1/H' 서식을 써서 답하도록 하게. 이 서식은 다음과 같은 내용이야. '존경하는 동지 아무개 선생님, 우리는 귀하의 요청을 마음으로부터 함께 느끼고 나누며 높이 평가하고 있습니다. 또한 이미 이를 현재 구성되어 있는 국무회의에 제안한 바 있습니다. 이 점 양지하시기 바라며 새로운 소식을 받는 즉시로 귀하께 연락을 드릴 수 있도록 최선을 다하겠습니다…'"

"그럼, 그 다음에는요?"

"그 다음은 상관할 거 없어. 그 사람은 벌써 그렇게만 해도 만족하고도 남거든. 특별보좌관실의 직인이 찍힌 편지를 받았다는 사실만으로도 당과의 연대감을 느낄 뿐 아니라, 이 편지가 앞으로 수년 동안은 수도권 정계의 최고 부처에서 자신의 제안이 신중히 검토되고 있다는 증표 역할을 할 것이기 때문이지."

"그럼 그 수속은요?"

"특별 국무회의에서 결재를 기다리게 되는 거지."

"그런데 만일 또다시 편지를 보낸다면 어떻게 하지요?"

"아, 그럴 경우에는 말이지, 이 사람이 세 번째 편지를 보내올

때까지 기다렸다가 'M.O.b/AST' 서식을 쓰면 되는 거야. '존경하
는 동지 아무개 선생님, 저희가 메네스톨리 장관 비서실에 청원하
기를 수차 반복했음에도 불구하고, 귀하의 권익을 위하여 합법적
인 배려를 하겠다는 언질을 받은 것 이외에는 아직 새로운 소식
이 없습니다. 귀하께 확언해 드리건대, 앞으로 새 정부가 구성되
는 대로 귀하의 요청에 대한 서류 수속은 즉시 완벽하게 해결될
것이라는 점을 말씀드립니다. 우리 당에서 제창하는 우리 모두의
이상 실현에 충실하게 부응하여 더욱 드높은 정의 실현을 위해
쉼없이 매진하는 가운데 귀하께 안부 인사를 드립니다.'"

당 총재가 그를 국회의원 선거에 후보로 추천한 날은 그에게
위대한 하루였다. 그러나 사실대로 말하자면 그는 벌써 초등학교
교실 책상 앞에 앉아 있던 시절부터 바로 이날을 위해 주도면밀
하게 준비해 왔다고 하는 게 옳다. 그는 그 어릴 적부터 벌써 책
걸상을 한꺼번에 네 개씩이나 뛰어넘는 재주를 가지고 있었다. 또
학급 임원들에게 잉크병이나 철제 필통같이 딱딱해서 머리에 혹
이 날 만한 것들을 던지며 대항하는 훈련을 쌓은 것도 바로 이때
부터였다고 하던가. 따라서 그가 국회의사당의 의석 하나를 차지
하러 들어가던 그날이라 해서 그에게 무슨 새삼스런 감동을 안겨
주었달 것도 없었다.

드디어 국회의원이 된 그는, 그 자신 적절하게 표현한 대로 소
위 '의정 활동'을 펼치기 시작하였다. 공장이 들어설 수 없는 지
역을 설정하고, 중산층을 위한 문화기관을 세운 뒤 좀더 '사려 깊

은' 자금의 회전을 통괄하기 위하여 자신이 기관장 자리를 맡았다. 여러 다른 단체에도 가입하고 한 스무 개 남짓 되는 명예회장직을 맡았다. 이는 그가 이런 모든 단체로부터 사례금을 받았다는 의미에서 그러한 것이다(이탈리아어로는 '명예로운'이란 형용사와 '사례금, 수수료'란 명사를 똑같이 'onorario'라는 말로 쓴다―옮긴이

나폴레옹의 후예들

주). '희귀동물들의 피난처'라는 슬로건을 내세우며 국립공원 지
역에다 호화판 레스토랑을 하나 세웠다. 그것은 사실상 유럽산 자
고새나 황금꿩, 알프스의 야생 염소 등 다양한 희귀종들로 만든
요리를 맛보고자 하는 사람들에게 더할 나위 없는 공식적 피난처
가 되었다. 그의 여동생 카를로타에게 탄산 광천수 전매권을 쥐어

정치가 아리고 카발로소

준 프라토스쿠로 수원지 쪽으로의 새 관광도로 건설권을 따내었다. 몹시 궁색하게 살고 있던 형 코르넬리오에게는 빈민 지원을 위한 공공기금의 운영 책임을 맡겨주었다.

이 도시에서 저 도시로 뛰며 카발로소의 활동에는 끝 모를 활력이 샘솟듯 솟아나온다. 무슨 식장이라는 이름만 붙으면, 그게 어떤 종류의 것이 되었든지, 어디가 되었든지 간에 마다 않고 참석한다. 20세기 추상회화전 개막식에서부터 품종 개량 축우(畜牛) 전시회에 이르기까지 다양하다. 그는 지칠 줄 모른다. 매일을 하루같이 회장직을 수행하고 지휘하며 소집하고 개입하고 서명하는가 하면 허가하고 옹호하고 개최하고 접대한다. 신망 두터운 책임을 맡아 수행하기 위하여 유럽의 가장 큰 대도시들을 비행기를 타고 여행하며, 시대를 거쳐 쌓여온 모든 문제들을 대면하여 자신이 전혀 아는 바 없는 분야임에도 불구하고 모두를 놀라게 할 만한 저돌성을 발휘하여 논쟁에 불을 붙이곤 한다.

오늘 카발로소는 자기 보좌관실에서, 고향 카스트로빌라노 출신으로 그를 가장 흠모해 마지않던 수명의 젊은이들 가운데 그가 직접 선발한 젊은 박사 빈첸조 치프로보를 자신의 특별보좌관에 임명하는 예식을 거행하고 있다.

"친애하는 치프로보 군!"

새 특별보좌관의 어깨에 자상하게 한 손을 얹으며 말한다.

"이 카발로소 의원은 말이지, 자기 사람들을 항상 마음속에 간직하고 있기 때문에 누구에게도 절대로 '아니다', 혹은 '안 된다'

는 말은 하지 않는다는 점을 잊지 말도록 하게. 따라서 어떤 종류
의 요청이든지 자네에게 들어오면, 언제나 'Min.Port.1/H' 서식을
써서 그들에게 답하도록 하게. 이 서식은 다음과 같은 내용이지.
'존경하는 동지 아무개 선생님, 우리는 귀하의 요청을 마음으로부
터 함께 느끼고 나누며 높이 평가하고 있습니다…'"

페스토니 사령관

"빨리들 해, 힘 좀 쓰라구, 이 병역기피자들 같으니!"

흡인력 넘치는 눈매를 휘번득이는 사령관의 천둥소리 같은 호령이 멸치통 작업 소대원들에게 내리닥친다.

어떤 직위였는지까지는 잘 모르겠으나 과거에 아주 높은 자리를 맡아 일한 적이 있다는 아킬레 페스토니 박사. 이곳 S.P.A.C.(대서양 저장수산물 협동조합)의 우두머리가 바로 그이다. 한데 이곳 사람들 모두는 각자 조합 내 자신의 위치에 따라 그를 '사령관 각하' 또는 간단히 '사령관님'이라는 명칭으로 부른다.

페스토니 사령관이 웬만한 구축함의 함장이 쓰고 다니는 해군 중령모를 그럴듯하게 눌러쓰고 권위를 세우는 것은 아마도 그가

페스토니 사령관

수산물을 취급하는 일을 하기 때문일 게다(묘하게도 이탈리아어의 'fregata'라는 말에는 '소형 구축함'이라는 뜻과 '속임수'라는 뜻이 함께 들어 있다. 따라서 페스토니가 쓰고 다니는 모자가 옛날 해군 중령이자 함장으로 있을 때부터 가지고 있었던 것인지, 아니면 그저 속임수로 남에게 그렇게 보이려고 어디서 주워 쓰고 다니는 것인지는 아무도 모른다—옮긴이 주). 그는 사계절 내내 어떤 손님을 맞이하든지 간에 절대 이 모자를 벗는 법이 없다. 이 모자는 그의 존재를 구별해 주는 상징, 그의 전투복의 심벌이 되어버렸다. 무릇 사람이란 뭔가 특별한 표징을 나타내는 물건으로 제 머리를 덮어씌우지 않는 한 절대로 스스로를 진정한 우두머리라고 느끼지 못한다는 얘기가 여러 권위 있는 심리학자들에 의해서 확인된 바 있다. 무슨 사령관모라든가 베레모, 삼각모, 철모나 또는 그런 종류의 모자와 같이 그 무엇인가로써 머리를 둘러덮어 오직 그만이 대장이라는 사실을 나타내어야 한다는 것이다.

"사령관이란 태어나는 것이지, 만들어지는 것이 아니야!"

종종 그는 확신에 찬 이런 말을 되풀이한다. 실제로 그는 보통 그런 사람을 두고 이야기되는 것처럼, 매우 강한 개성을 지닌 인물이다. 일터에서 그의 존재는 사람을 감전시키는 힘을 발휘한다. 그 한 예를 들면, 삶은 생선의 '통조림 가공 부서'에 힘찬 행군의 발소리를 내며 그가 올 때면 부서에서 일하는 모든 직원들의 정신이 번쩍 깬다. 심지어 완전히 넋을 놓고 흐리멍텅하니 졸면서 놀고 있던 사람의 눈동자에마저 불이 켜지며 전율이 흐른다.

사령관은 예전에 그것이 어떤 일이었는지는 모르겠으나 그 한 가지 명예를 위하여 노고를 아끼지 않았던 것처럼, 이제는 S.P.A.C. 조합의 더욱더 찬란한 장래를 위하여 불철주야 정력적으로 뛰고 있다. 자신의 힘을 아낌 없이, 나아가 자기 휘하 직원들의 힘까지도 아낌 없이 그렇게 한다. 나무통에 담긴 멸치가 화물열차로 도착할 때면 페스토니는 여차할 틈 없이 작업 지휘봉을 높이 쳐든다. 가장 출중한 인부들로 구성된 멸치통을 하역하는 소대원들의 머리 위로 올라가 양손을 허리춤에 갖다붙이고, 턱을 높이 쳐들고, 가슴을 떡 펴고서는 명령을 내리기 시작한다. 인부들이 젖 먹던 힘마저 한계치에 도달하기까지 그는 자신의 한없는 열정을 바치기를 주저하지 않는다.

사령관은 정말 완고하다. 고생스러움 같은 것은 전혀 고려하지 않는다. 특히나 다른 이들의 고생스러움에 대해서는 더욱 그렇다. 그러므로 절대로 멈춰서는 법이 없다. 목청 높여 외치며 자신의 수하들을 격려하고 고무한다. "자, 서둘러요 이 사람들아. 움직이란 말이야! 힘내라니까, 이 달팽이들! 아니, 그렇게 하는 게 아니고, 저런 천치 같으니!"

역사 속에서 그에 앞서 존재했던 위대한 장군들과 마찬가지로, 그는 마지막 한 사람이 허물어지는 그 순간까지 대담무쌍함을 잃지 않는 능력을 가졌다. 그 마지막 일꾼까지 맥놓고 주저앉은 다음에 가서야 그는 점심을 먹으러 가기로 결정한다.

"보시오, 카를레티 씨," 내게 말한다. "중요한 건 말요, 올바른

시점에 올바른 명령을 내리는 거요. 내가 가진 능력이 바로 이것
이라는 말이오. 아주 힘겨운 순간이 왔을 때, 누가 됐든지 한 인부
가 기력을 상실하면 나는 번개처럼 상황을 파악해서 탁!— 하고
결정적인 순발력으로 뒤집기를 하는 거지! 저 노르웨이 청어를
가지고 경주했을 때 기억나오? 고기가 상하기 딱 일 분 전에 내
가 와서 영하 오십 도로 냉동시킬 것을 결정했지. 그렇게 해서 고
기도 살리고 돈도 살렸지!"

"하지만 사람들 얘기로는 말이죠," 내가 대답한다. "그때부터 도
저히 냉동실에 들어가지를 못하겠다고들 하던데요. 그 뭐냐… 고
기에 돈이 섞여서 나는 냄새 때문이라던가…, 아마도 그것이 아직
완전히 얼지 않은 모양입니다."

"개 풀 뜯는 소리! 믿을 말이 아니오. 패배주의자들이 흔히 내
뱉는 핑곗거리라니까!"

모든 사령관들이 그러했던 것처럼, 페스토니 역시 최소한의 유
머 감각마저도 지니지 않고 태어나는 천혜를 받았다. "내가 간 뒤
에는 홍수가 나리라!", 혹은 "주사위는 던져졌다!"는 말을 한 인
물들이 있었던 것과 같이, 그 역시 종종 후대 사람들이 휴식 시간
이 되면 즐겨 기억할 것임에 추호도 의심의 여지가 없을 법한 고
상한 명언들을 고안해 써먹곤 한다.

사령관은 자신의 파란만장한 삶의 경험으로 하여 거의 모든 것
을, 아니 모든 것을 알고 있다. 사람들에 관한 문제든 멸치에 관한
문제든 상관없이 그는 일어나는 문제마다 어떻게 대처해야 하는

가 하는 방법론에 있어 털끝만치의 의혹이나 주저함을 보이는 적이 없다.

"카를레티 씨, 당신 말이지, S.P.A.C.의 모든 일을 내가 혼자 도맡아 하고 있다고 해서 나를 무슨 과대망상가라도 되는 듯이 보고 있는 게 아닌가 싶은데 말이지, 어디 한번 솔직하게 말해 보시오. 나하고 똑같은 인물로서 지금 내가 하고 있는 이 일들을 내 수준만큼 확실하게 수행해 낼 수 있는 이가 또 있을 것 같소?"

"그야 사령관님밖에 더 없지요!"

"그럼 내가 옳다는 얘기 아뇨!"

언제나 그가 옳다는 것은 조합 초기에 경영을 맡았던 회계사 말로키오 씨와의 대담에서 그 기원을 찾을 수 있다. 대담을 하던 중 갑자기 사령관이 두 눈에서 불을 뿜으며 이렇게 선언했던 것이다.

"말로키오 씨, 내가 말하고 있을 때 당신은 입을 다물고 있어야 돼! 내가 말을 한다는 것은 내 말이 옳다는 뜻이란 말이오. 알겠소?"

물론 말하는 쪽은 항상 사령관이다. 그날 이래로 말로키오는 그와 논의할 것이 있을 때마다 전쟁 때 그러했던 것처럼 언제나 전문이나 비밀 공문의 형식으로 그에게 말을 전하지 않을 수 없게 되었다. 그러면 아킬레 페스토니는 분통을 터뜨리며 그 시덥잖은 전문과 공문들을 구기고 찢어서 휴지통에 던져넣는다. 지불청구서, 연금 신청서, 손상된 물품들에 대한 이의신청서 등등 모두가

나폴레옹의 후예들

하나같이 쓸모 없는 것들뿐이니까.

"전부 생산에 방해만 되는 것들이야."

페스토니는 쉰소리를 내며 지적한다.

"믿을 수도 없고 믿을 필요도 없는 헛소리들뿐이잖나. 이런 죽는 소리에 전부 귀를 기울이는 건 나더러 우리 S.P.A.C.호의 키를 있는 대로 늦춰놓고 하릴없이 하품이나 하며 지내라는 소리밖에 안 돼! 게다가 이렇게 죽는 소리를 해오는 작자들은 과연 어떤 자들인가? 어떤 일에도 만족할 줄 모르는 자들, 열정도 없고 용기도 없는 하찮은 것들, 도무지 쓸데라곤 없는 놈들 아닌가 말이야…"

그 자신은 이와 정반대로 용기라면 남들에게 팔고도 남을 정도로 넘치게 가지고 있다. 심지어는 시간외수당을 지불하지 않으면서도 자기 인부들을 정해진 작업 시간 이상으로 일을 시키는 용기까지 갖고 있다. 그리고 이것은 순전히 '대서양 저장수산물 협동조합'의 영광을 위하여 그렇게 하는 것이다. 지고무상한 그의 사상을 볼 것 같으면, 세상에서 위대한 이상이라곤 찾아볼 수 없는 역사적 순간이 이르렀을 때 그의 S.P.A.C.야말로 모든 임직원에게 위대한 조국과 같은 역할을 수행할 수 있어야 하기 때문이다. 거기서 아킬레 페스토니가 모든 이의 아버지일 뿐만 아니라 백절불굴의 영도자이기도 하다는 것에는 두말할 나위가 없다.

페스토니 사령관

초특급 환자 페피노 삼촌

페피노 삼촌의 첫번째 특징은, 어떤 다른 환자도 삼촌과 같은 방식으로 병을 앓지 않는다는 점이다. 삼촌의 경우는 그 분야에서 완전히 유일무이한 케이스인 것이다.

나는 여러 시기에 걸쳐 내 어린 시절과 젊은 시절 일부를 그의 병상 곁에서 지내는 행운을 누렸는데, 그 오랜 시간 동안 삼촌이 얼마나 강한 투지와 용기를 가지고 자신의 병세를 호전도 악화도 아닌 그 상태 그대로 유지해 내고 있었는지 똑똑히 보았다.

"에르네스토야, 너도 좀 보거라," 내가 최근 문병 갔을 적에 하신 말씀이다. "의사들 얘기대로라면 나는 벌써 마른 나무토막이 되고도 남았을 게다! 이탈리아와 또 외국의 내로라 하는 전문의들이 수없이 내 침대 곁을 지나쳐갔지만, 결과는 항상 똑같았어.

뭘 좀 알아낸 거라곤 하나도 없었다구!"

　"삼촌, 삼촌의 병이 얼마나 복합적인 것인지 알 수 있는 사람은 아무래도 삼촌밖에 없을 것 같아요…"

　"그 말이 참 맞다, 귀여운 내 조카야. 내가 아니라면 도대체 누가 이 다양한 증상들이며 하루가 다르게 변화하는 병세를 꼬집어 알아낼 수 있겠니?"

초특급 환자 페피노 삼촌

"그러니까, 말하자면, 오직 삼촌만이 완전무결한 진찰을 할 수 있는 가능성을 갖고 계신 거군요."

"에르네스토, 넌 어쩌면 그렇게 나를 잘 이해하느냐! 너 같은 사람이 조금이라도 더 있다면 얼마나 좋을까. 어떤 이들은 내가 너무 엄살을 부린다고 야단들인데. 아아! 내가 당하는 고통에는 아랑곳하지 않고 대충대충 간호하다가 죽어나가는 꼴이나 보려는 인간들, 이 자리에 누워서 내가 무엇을 느끼는지 직접 알아보려고나 했느냐 말이야!"

페피노 삼촌은 집에 누워서 직접 병원 구역을 설정해 놓고는 모든 간병자들의 대장 노릇도 겸하고 있다. 식구들 모두에게 순번을 정해 먹을거리와 약품을 공급하는 일에서부터 담당 의사와 문병자들의 방문 시간표를 정하는 일까지 도맡아 한다. 아무리 힘이 빠져 있을 때라도 그 자신이 극단적인 결의를 보이며 모두로 하여금 이 시간표를 지키게 하기 위해 손수 신경을 쓴다. 특별히 자신의 식사 문제에 관해서 더욱 그러하다.

친지들이나 방문객과 함께 있는 자리에서 유일하게 가치 있는 화제는 자기 병세의 경과가 어떤가 하는 것과 오랜 병상 경력을 통해 받았던 여러 외과 수술의 추억을 되새기는 일뿐이다.

"에르네스토야, 너는 분명히 내가 최근에 스위스에서 받은 수술에 대해서는 아직 아무것도 못 들었을 게다. 그렇지?"

이럴 때 나는 벌써 알고 있다고, 전에도 수차례 들었을 뿐만 아니라 들을 때마다 얘기가 달랐었다고 어찌 대답할 수 있겠는가?

그것은 삼촌을 배반하는 일이 될 것이 분명한 데다가 한술 더 떠서 삼촌의 병세를 악화시키는 요인으로 작용할 수도 있을 테니 말이다.

"아직 몰라요. 얘기해 주세요!" 궁금한 척하며 삼촌에게 대답한다.

"아, 정말 그런 경우는 다시 있을 수 없을 거야, 다신 없고말고." 삼촌이 반색하며 말을 받는다.

"거기서도 역시 의과대 교수들이 하나에서 열까지 내가 받은 것 같은 수술은 해본 전력이 없더라니까. 내가 글쎄 열 시간이나 수술대 위에 있었단다. 생각 좀 해봐라, 수술하는 도중에 의사들이 하도 긴장해서 자꾸 기절해 자빠지는 통해 몇 번이나 교체해야 했는지 모른다니까. 그 자리에 내가 누워 있었다구! 여기서부터 여기까지 절개를 해가지고, 자그마치 일백하고도 육십 바늘이나 꿰맸어. 내 벌써 다 짐작하고 있었던 일이지만, 그렇게까지 했는데도 아무것도 찾아내지를 못하더구나. 무능한 작자들! 그곳 의대 학장 폰 페르티콘 교수란 자는 말이지, 의학계에서 냉정하기로 소문난 사람인데도, 마지막에 가서 내가 그 무지막지한 고통을 그렇게 잘 견뎌내는 데 탄복한 나머지 자기 사진에다 헌사까지 한마디 적어가지고 건네주더라니까."

의약품에 대해서는 털끝만치의 신임도 하지 않는 페피노 삼촌이지만, 집안에 온통 크고 작은 약병과 약봉지, 알약통, 물약병, 가루약병 같은 것들로 진열장을 만들어놓고 정해진 시간표에 맞추어 번갈아가며 영웅적으로 삼키고 마시고 입에다 털어넣는다. 정해진 투약만으로는 충분한 효과를 보거나 기력을 회복할 수 없다는 것을 깨닫고, 벌써 오래 전부터 삼촌은 고대 농경인들의 지혜에서 착안하여 더할 나위 없이 풍성한 농가풍의 자연 식단을 고수해 오고 있다.

"딴 도리가 있겠니, 귀여운 우리 에르네스토야, 이제 나한테 남은 목숨이 그리 긴 것도 아닌데, 건강한 음식이야말로 이제껏 나를 실망시키지 않은 몇 안 되는 것들 가운데 하나란다. 내 쇠약해 빠진 위장에 충분히 맞는 것들을 먹어야 되지 않겠냐."

이 점 때문에 음식물들은 그 선택에 있어서부터 잘 분별해야 하며, 조리할 때는 절대 한눈을 팔면 안 되고, 각종 비타민 등 영양소의 구성도 신경 써야 한다. 오랜 경험의 결실로 얻은 기본 영양을 위한 음식 목록을 보자면, 채 젖도 떼지 않은 송아지의 뇌에 우유와 밀가루를 섞어 발라 튀긴 것하고, 사료를 먹이지 않고 자연으로 키운 영계, 파르마 계곡에서 만들어 숙성시킨 햄(이탈리아 파르마에서 나는 햄 제품은 매우 유명하다—옮긴이 주), 바나나 중에서도 오직 콘치타 슈퍼 바나나, 그 외에도 식구들이 금방이라도 튀어나올 것 같은 눈망울을 굴리며 내려다보는 가운데 먹어치우는 여러 최고급 요리들이 있다.

한편, 가련한 삼촌은 자신이 식구들에게 항상 되풀이해 주지시키듯이, 현재 가지고 있지 못한 건강을 되찾는다는 순수한 의무하나만을 지키기 위해 자꾸 나오는 구역질을 참으며 그 음식들을 억지로 집어삼키는 것이다. 삼촌은 모든 음식이 일등급의 최고 품질이어야 한다는 조건이 지켜졌을 때만 이렇게 영양 섭취를 위한 고통을 참고 받아들인다. 한번은 파르마 계곡에서 기르다가 모데나로 옮겨서 잡은 돼지로 만든 햄을 갖다준 적이 있었다. 삼촌은 한입 떠넣자마자 이 사실을 대번에 알아차렸는데, 그때 지독한 배탈을 일으키는 바람에 본인은 물론이고 온 가족이 몸서리치는 고생을 겪었다.

"조금만 더 신경 쓰면 되는걸. 나처럼 신체기관이 극도로 예민해져 있는 사람을 두고는 절대로 엄벙덤벙하면 안 돼요. 파르마 계곡의 맑고 선선한 바람을 맞으며 숙성된 것이 아닌 햄은 내 위장이 즉시 알아채고 마니까, 아, 그 다음에 찾아올 게 복통밖에 없다는 사실은 뻔할 뻔자 아니겠나."

그가 고통을 겪는 것은 물론이다. 그러나 더 큰 고통은 무엇보다도 식구들이 겪어야 할 몫이다. 용서받지 못할 부주의로 말미암아 삼촌의 생명을 위태롭게 만들었으니까 말이다.

그에게 가장 생기를 되찾아주고 원기를 회복시켜 주는 음식은 바로 포도주이다. 그러므로 정말이지 그의 건강만을 염두에 두고 있는 가족들에게 있어서는 그 어떤 고생을 하더라도 이 최고의 위로자가 절대로 떨어지는 법이 없도록 애를 쓸 필요가 있다. 비록 일종의 속임수 같은 것이긴 할지라도, 삼촌이 스스로 믿고 있듯이 그토록 심각한 중병에 걸린 것은 아니라는 인상을 가지게끔 만드는 재주를 유일하게도 이 포도주만이 지니고 있다.

　자신이 환자들 중에서도 아주 높은 특전을 누려 마땅한 환자급
에 속한다는 사실을 잘 알고 있는 우리 삼촌 페피노는, 귀중한 매
일 매일을 하릴없이 침대에 누워 자신의 별거 아닌 통증에나 신
경 쓰며 아무것도 아닌 일로 가족들을 미치게 만드는 사치성 자
칭 환자들을 지극히 멸시한다. 그는 자신의 조카 안셀모 디 프라
토라소를 이런 자칭 환자의 전형으로 꼽는다.

　"아이고 정말이지 이런 사람들은," 점심식사 뒤 삼촌이 넌지시
안셀모를 빗대어 내게 하는 말이다. "좌골신경통이니, 척추만곡증

이니, 아니면 또 뭐냐, 만성 기관지염이니 하는 병 같지도 않은 잔
병 나부랭이들을 핑계로 해서는 온 가족을 들들 볶고 난리를 치
잖아. 내가 볼 때 이런 자들은 정말 대단한 이기주의자라니까. 어
휴, 내가 그저 왕년의 기력만 가지고 있다면! 소위 환자입네 하는
그런 놈들을 내가 어떻게 다스리는지 너한테 보여줄 건데 말이
야! 강철 같은 왕주먹 하나면 끝날 건데 말이지. 올려치고 돌려치
고 한 서너 방만 쥐어박았다 하면 순식간에 침대에서 벌떡 일어
나 내가 언제 아팠냐는 듯 뛰어내려올 거라구."

　고상한 몸짓으로 이렇게 쌓인 스트레스를 푸는 바람에 에너지
를 너무 많이 소비한 나머지, 삼촌은 그만 기진맥진 침대에 늘어
진다. 이렇게 되면 병세가 곧바로 도지기 십상인데, 다행스럽게도
침대 옆 작은 책상 위에는 1961년 수확한 품종으로 담근 최고급
바롤로 포도주 한 잔이 대기중이다. 삼촌은 이 한 잔에 자신의 모
든 것을 온전히 의탁한다.

엔지니어 출신의 대기업가 프레사티

마침내 나는 엔지니어 아르투로 프레사티 경과 약속을 하는 데 성공하고야 말았다. 이건 참으로 기적이다. 프레사티는 자리에 있는 적이 없는 데다, 간혹 자리에 있을 때는 그야말로 시간을 낼 수 없기 때문이다. 누구든지 그를 보려는 사람은 홀에서 며칠씩을 기다리며 시간을 보내야 한다. 이건 그 부인의 경우라도 예외가 아니다. 부인 니체타 라자냐-프레사티 여사는 아마도 이런 이유로 해서 거의 항상 산레모에서 지내며 앙고라고양이를 기르는 일에 전념하고 있는 건지도 모르겠다.

"프레사티 경," 내가 그의 사무실로 들어서며 하는 말이다. "안녕하십니까? 저는 바소 밀라네세사(社)에서 발행하는 잡지 《선》(善)에 경께서 이룩하신 만인을 위한 사업에 대하여 기사를 싣고

자 인터뷰를 하러 왔습니다."

"좋소이다. 될 수 있는 대로 빨리 끝내도록 해봅시다." 그는 여전히 무슨 서류 한 장을 들여다보며 대답한다.

"프레사티 경, 경께서 바도 디 소토 보육원의 건설을 위해 재산 일부를 양도하게 된 동기는 어떤 것이었습니까?"

"이상적인 인류애가 그 발로였지요. 이 점 분명하게 짚고 넘어가야만 하겠소이다." 팔꿈치를 마호가니 책상에 대고 가슴을 곧추세우며 대답한다. "그것이야말로 나로 하여금 해야 할 모든 일을 하게 하는 원동력이 됩니다."

"자본에 관한 측면은 어떻습니까?"

"그것 역시 마찬가지요. 대중을 도와주기 위해서는 개개인이 가진 힘과 주식들을 한 곳으로 집중시킬 필요가 있지요."

이미 오래 전부터 프레사티가 개개인의 주식을 한 곳으로 모으고 있다는 사실 때문에 관련 금융가들은 그를 굉장한 주식투자가로 대접하고 있다. 반면 다른 많은 사람들은 그를 두고 염치도 없이 대량의 주식을 저 혼자 긁어모아 독식하려는 투기꾼이라고 말한다.

"보육원을 세우려는 생각을 하게 된 것은, 내가 어린애였을 때부터 놀이하는 것을 아주 좋아했기 때문이라오…"

"지금은 더 이상 안 하십니까?"

"선생께서도 잘 아시겠지만 매일같이 나를 짓누르는 이 업무들로 말미암아 가끔 간신히… 여가 시간을 마련할 수 있을 따름이오."

"그럴 때는 주식 시장에 가시나요?"

"때때로 그러지요. 하지만 괜찮은 정보를 입수했을 때에 한해서외다."

"정보를 입수하기 위해서는 어떻게 하십니까? 신문을 읽으십니까?"

"아니오. 신문을 사지요."

시간과 돈을 절약하기 위하여 그는 신문들을 직접 신문사 소유주에게 가서 산다. 이는 또한 신문 발행을 고무하기 위한 목적으로 하는 것이기도 하다. 특별히 경제 분야에 있어서 자신의 특정한 이상향에 부합되는 소식이 실린 신문들의 발행을 북돋아주기 위해서다. 그러나 동시에 그는 매우 사려 깊은 사람이기 때문에 자기 개인에 관해서나 특히 자신의 소득에 관해서는 중요하게 취급되기를 절대 원하지 않는다. 누군가 그 소득 내용을 발표하는 일이 있으면 그는 대뜸 신경질을 낸다. 왜냐하면 스스로 밝힌 바 있듯이 그런 행동은 그의 '프라이버시'에 대한 경솔한 침해로서 단지 그의 혈압만을, 그의 세무 문제에 관련된 혈압만을 올려놓기 때문이다.

"세율이 너무 높아요." 그의 말이다. 그리고 그가 자기 소득을 공표하기에 앞서 재산을 이리저리 빼내어 쓸 수밖에 없는 것도 바로 이 때문이다.

"들어보시오," 내게 말한다. "만일 행정 당국이 내 돈을 가지고

나폴레옹의 후예들

92

투자를 하는 데 있어서 나만한 능력을 가지고 있다면, 당국에 내 돈을 맡기는 데 반대할 아무런 이유가 없지. 하지만 이제껏 내 수입을 돌리고 돌려서 좋은 결과를 올릴 수 있었던 존재는 유일하게 나밖에 없었다는 점을 다년간의 경험이 증명해 주고 있소이다!"

엔지니어 프레사티 경은 모든 것을 완전히 무(無)에서부터 일궈낸 인물이다. 이름 있는 공대를 졸업했다는 자신의 학력까지 포함해서 말이다. 그러나 이것만으로는 만족할 수 없었던지, 재계에서 좀더 공이 높다는 평가를 받을 양으로 '자발적으로' 나서서 판노니아주(州)와 에우프라시아주의 기사단으로부터 경(卿)의 작위를 받아냈다. 그곳 문장원(紋章院)에서는 대금 상환을 조건으로 이 작위를 특급우편으로 그에게 인도하였다. 프레사티가 명예로운 직함을 획득하는 데 있어 대금 상환이란 것이 얼마나 중요한 변수로 작용하는가 하는 점을 몸소 체득한 것도 이 기회를 통해서였다.

행운은 그에게 종전 직후부터 찾아들기 시작하였다. 선친으로부터 숲이 우거진 얼마간의 산지와 아울러 끈질기고 야무진 성품을 유산으로 물려받은 그는 거기서 나오는 목재를 이쑤시개 공장에 팔아먹기로 했고, 이 일은 그에게 첫번째 성공을 가져다주었다. 전후 급작스레 닭고기 붐이 일어남과 때를 같이하여 사업에 착수한 덕분이었는데, 전쟁중에는 그다지 사용할 일이 없어 사라

졌던 이쑤시개가 다시 닭고기 요리를 즐겨 먹기 시작한 이탈리아
인들의 식탁마다에 새로운 번영의 상징으로 등장하면서 날개 돋
친 듯 팔려나갔던 것이다. 수입원의 다원주의에 일찌감치 맞장구
를 쳐왔던 프레사티로서는 당연히 이 첫성공의 시점부터 경제계
라 하면 그 어떤 분야라도 가리지 않고 지대한 관심을 쏟아붇지
않을 수 없었다. 해를 거듭하면서 그는 제조업에서 무역업까지,
운송에서 관광에 이르기까지 수익이 가장 좋은 여러 분야에 손을
뻗쳐 과감하고 명석한 사업 수완을 발휘함으로써 탄탄하게 자리
를 굳히기에 이르렀다. 따라서 거의 모든 국민들이 프레사티 그룹
산하의 여러 회사 제품이나 용역을 적어도 한 가지쯤 사용하고
있다는 사실이 그에게 있어 매일같이 느끼는 기쁨의 원천이 되고
있다.

　"그런데 그토록이나 열정적으로 활발하게 활동하시면서 지금까
지도 그런 건강을 유지하시는 비결은 과연 어떤 것입니까?"

　"그거야 사람은 누구나 자신의 건강을 최대한으로 활용할 필요
가 있는 법이니까 그렇지요. 중요한 것은 말이죠, 절대로 스태미
너의 원천까지 건드리는 일만 생기지 않으면 된다는 것이외다."

　이 스태미너의 원천이란 스위스의 한 은행에 개설해 둔 자신의
계좌를 가리키는 것으로서, 그의 표현에 따르자면 자신의 노년기
를 위해 준비하고 있는 '조그만 돼지저금통'이 바로 그것이다.

　"아시다시피, 내 휘하의 모든 임직원들은 다름아닌 내 회사로부
터 보너스와 의료보험, 연금에다가 노동 장애 보상에 이르기까지

일생의 모든 것을 보장받고 있지 않소이까? 그런데 내 경우에는, 나 자신이 스스로 내 장래를 걱정하지 않는다면 대신 걱정해 줄 사람이 대체 또 누가 있겠느냐 이거올시다."

이 진중하고도 참혹한 현실적 질문의 무게를 감당하기 힘들다는 듯 그는 잠시 입을 꾹 다문 채 눈을 내리깔고 있다.

하루하루 빡빡하기 짝이 없는 일과와 자신의 장래를 위한 걱정을 짊어지고 나가면서도 프레사티는 성탄절 때면 어김없이 바도 디 소토 보육원을 찾아, '사랑스런 내일의 희망'으로 자라나는 그곳 아이들에게 축하 인사를 전한다.

성탄 케이크와 선물 꾸러미가 한아름 실린 최고급 재규어 스포츠카를 부인과 함께 타고 보육원에 도착한다. 프레사티 사보에 내기 위하여 사진을 촬영하는 가운데, 부부는 함박웃음을 지으며 온갖 선물 보따리를 아이들에게 건네는데, 여기에는 또 희망 가득하고 부성애가 넘치며 가슴 깊이 감동을 던져주는 연설 한마디를 빼놓을 수가 없다. 이 연설에 누구보다도 감격하여 터져나오는 기쁨을 감추지 못하는 사람은 다름아닌 프레사티 부부이다.

"바도 디 소토 보육원과 같이 사회복지에 큰 일익을 담당하는 시설을 구상하게 된 동기를 살펴볼 때, 경께서는 우리의 새로운 세대들에 대하여 지대한 관심을 가지고 계시는 게 틀림없어 보입니다만, 어찌 생각하시는지요?"

"그야 물론이외다! 젊은이와 어린이에 대한 문제는 언제나 내

가슴 깊은 곳에 간직하고 있다오. 이 아이들이 어떻게 자라나느냐
에 따라서 내일의 사회상이 결정될 테니 말이오. 아이들이 강인한
모습으로 자라나 언제나 잘 지내게 되기를 바라는 마음이고, 또
항상 보조금에만 의존해서 살려고 하지 않게 되어야 할 것이외다.

나폴레옹의 후예들

지금 기성세대에서 볼 수 있는 것처럼 말이오. 공공복지는 국민의 생산성을 강화시키는 최고선으로서, 제품의 품질을 개선시키는 데에 큰 역할을 하니까 말이오. 이것이 바로 내 생각으로서, 적어도 나는 이 점에 깊이 공감하는 바이오!"

엔지니어 출신의 대기업가 프레사티

슈퍼 베이비 코코벨로

"코코벨로야 착하지, 어디, 아빠 친구분들한테 손 좀 내밀어보렴."

타파나지 씨가 우리에게 현관문을 열어주고 나서 아직 갓난아기인 자신의 후계자에게 하는 말이다. 이 말을 듣자 코코벨로는 반가운 손님들을 향해서 겁나는 발길질을 냅다 해대기 시작한다.

피치 못하게 타파나지 씨의 집을 방문해야 할 일이 생길 때마다 우리는 우리를 놀래키게 될 상황들을 예상하고 미리 만반의 준비를 갖추고 가지만, 막상 초인종을 울린 뒤 벌어지는 사건들 앞에서는 매번 속수무책으로 당하기 일쑤다.

코코벨로라는 이 아기는 타파나지 부인의 소중한 보물로서, 당연히 엄마는 아기를 몹시도 자랑스럽고 흐뭇하게 여긴다. 그도 그

럴 것이 엄마가 아기를 얼마나 공들여 키우고 있는지, 인간의 의
식이 아주 유연한 어린아이일 때부터 모든 종류의 죄의식에서 해
방시킴으로써 마음속에 그 어떤 형태의 욕구불만도 생겨나지 않
도록 미연에 방지하는 현대 정신분석학의 테크닉들을 도입하여
아기를 교육하고 있는 것이 다 자기 공로이기 때문이다.

"이렇게 했기 때문에 코코벨로는 어른들 앞에서라도 아무런 터
부나 억압감 같은 것을 느끼지 않는다니까요."

거실에 앉은 우리에게 타파나지 부인이 하는 말이다.

"한번 생각해 보세요. 요전날에는요, 우리가 버스를 탔는데, 우
리 곁에 어떤 대머리 아저씨가 신문을 펼쳐들고 앉아 있었거든요.
근데 아기가 그 신문을 읽을 양으로 글쎄 그 아저씨 머리를 타고
올라가더니, 머리 위에다 침을 막 쏟아붙는 거예요. 그 행동이 어
쩌면 그렇게도 자연스럽던지 말도 못해요. 그래 내가, '코코벨로
야, 너 아저씨 머리에다 찜찜 했구나?' 했지요. 그런 다음 그 아저
씨를 보면서 상냥하게 말했어요. '우리 코코는요, 아직 낯을 가려
서 아무하고나 금방 친해지지 못한답니다. 근데 아저씨는 어쩜 그
렇게 금방 아이하고 친해지셨는지 몰라요. 애가 아무한테나 그렇
게 찜찜을 하는 애가 아니거든요.'"

"그 아저씨는, 정말 콤플렉스의 전형적인 케이스였는데, 억지로
웃음을 지어 보이더니, 황급히 일어나 이상한 말들을 중얼중얼거
리면서 내리는 문 앞으로 가서는, 무엇을 계속 투덜투덜대다가 바
로 그 다음 정류장에서 내려버렸어요. 쯧쯧, 내 가슴이 얼마나 아

팠는지 모른다니까요! 틀림없이 그 사람은 자기 어머니로부터 바
타키 교수의 혁신적인 의식 해방 테크닉으로 교육을 받지 못한
사람이었을 거예요."

코코벨로가 아직 말을 할 줄 모르던 시절부터 말하는 사람은
언제나 코코벨로였고, 아빠와 엄마는 커다란 주의를 기울이며 이
제 막 천재성을 드러내기 시작하는 아기의 웅얼거리는 소리에 담
긴 의미를 파악해 내려고 안간힘을 쓴다.

"오요, 부-부-!"

어느 날 저녁 비범한 아기가 이런 말을 하자, 타파나지 부부는
즉각 이 문학적이고 은유적인 문장이 뜻하는 바가 뭘까 알아내려
달려든다.

"불을 끄라는 소린가 봐요."

엄마 아말리아가 해석을 내림과 동시에 스위치를 내린다. 코코
가 갑자기 엄청난 소리를 내며 소방차 사이렌 소리를 흉내내기
시작하자, 아기 속내를 제대로 간파하지 못했던 엄마는 곧바로 불
을 다시 켠다.

"끄긴 뭘 끄라고!"

아빠가 거보란 듯이 말하는데, 아기는 아빠의 가슴으로 기어오
르더니 목을 휘감고 흔든다.

"얘가 뭘 원하는지 알아? 나하고 쾌걸 조로 놀이를 하고 싶은
거야. 그리고 나는 조로가 타는 말이라구."

"얘는 말이지," 그리고 타파나지 씨는 은근히 우리에게만 터놓

고 말한다는 듯 입을 연다. "텔레비전에서 얼마나 많은 것들을 배우는지 모른다네. 이제는 매일 저녁만 되면 비디오를 켜놓고 살다시피 하는데, 히트 퍼레이드에 나오는 노래들을 그렇게 빨리 배울 수가 없다니까. 정말 굉장한 일이야. 때늦지 않게 애를 뮤직 스튜디오에 나가게 할 계획이라네! 정말이지 뛰어난 아이큐를 가지고 있어. 유아원에서도 얘 같은 애들은 찾아볼 수 없다니까 말 다했지 뭐."

아닌게아니라 코코벨로는 한 수녀회가 운영하는 유아원에 다닌다. 여기서 일하는 수녀들이 그다지 길지 않은 시간 동안 코코벨로를 돌보면서 체험하는 온갖 고통과 환난들, 인생의 흥망성쇠 같은 것들은, 그들이 만일 결혼을 했다면 온갖 결실이 가득한 결혼 생활을 하며 일생에 걸쳐서 맞닥뜨리고도 남았을 법한 분량의 일들이다. 이런 의미에서 수녀들은 그 아이를 신이 내려주신 아이라고들 부른다. 그리고 이런 연유로 하여, 어느 정도의 기간을 두고 자기들이 배워 알고 있는 온갖 수단 방법을 다 동원하며 노력을 한 끝에야 타파나지 부인을 찾아가서 코코벨로를 다시 집으로 데려가 주십사고 정중한 부탁을 하기에 이르렀다. 이유를 들어볼 것 같으면, 코코는 너무도 조숙한 아이큐를 소유한 아이라서 그 지적 활동이 너무도 왕성한 나머지 이제 막 평범한 수준에 이르거나 혹은 그 수준에도 못 미치는 다른 아이들 사이에 섞여서는 도저히 적응할 수 없기 때문이라는 것이다.

다른 아이들은 모두 정도의 차이는 조금 있을지라도 하나같이

나폴레옹의 후예들

저보다 못해서 별반 봐줄 데가 없는 저능아들이라는 이 고품위의 사고방식은 타파나지 부인이라는 여자를 엄마로 둔 꼬마 코코의 머릿속에 마치 돌에 새긴 글처럼 박혀 있다. 그래서 만약 공원에서 놀다가 장난감을 손에 들고 있는 아이를 보면 즉시 다가가서 그것을 빼앗는다. 아이가 그 때문에 칭얼거리기 시작하면 코코는 애 머리통을 한 대 쥐어박는다. 그런데 만일 장난감을 강탈당한 아이가 주먹을 휘두르며 대들고 나서는 경우라면, 코코는 엄마에게 달려가서 그 건방진 녀석을 때려주고 빨리 장난감을 제게 주도록 만들라고 떼를 쓴다. 일이 이쯤 되면 제아무리 마음 착한 엄마 타파나지도 폭행 피의자인 아이를 끌고 엄마를 찾아가 말다툼을 하지 않을 수 없다. 코코를 때린 아이의 엄마는 가련하게도 그룹 교육이란 것에 대해서는 말도 들어본 적이 없는지라, 자기 아이가 장난감을 다른 아이들과 함께 가지고 놀도록 제대로 가르치지 못한 일자무식쟁이가 되고, 나아가 자신의 개인 재산을 챙기는 데만 집착하는 못된 여편네로 낙인찍힌다.

아들의 대뇌 피질에 더욱더 풍부한 영양을 잘 공급하고 성장시키기 위하여, 그 식단은 가장 명성 높은 식이요법 전문가들이 선별하여 추천하는 영양식으로 세심하게 짜여져 있다. 비타민을 첨가한 우유, 암탉의 뇌로 만든 퓌레 등을 침팬지의 호르몬으로 균질화해서 준비하고, 발 카바냐에 사는 숙모 아르미다가 양계장에서 직접 거두는 신선한 계란을 매일 받아다 먹인다. 그러나 엄마가 당황할 수밖에 없는 것은, 코코벨로가 종종 이런 양질 식단을 거부하고 자신의 뇌세포에 좀더 큰 자극을 줄 수 있을 만한 음식물들을 스스로 선별하여 섭취하기를 더 좋아한다는 것이다. 그가 선호하는 식품들을 살펴보자면, 치약 튜브나 여러 모양의 단추들, 목재용 접착제 등이다.

최근 다시 타파나지 씨의 집을 방문했을 때, 우리는 코코벨로가 비눗방울을 연신 뿜어내는 동안 아빠와 엄마가 무아지경에 이르러 경탄스런 눈길로 그 모습을 바라보고 있는 장면을 마주하였다. 그런데 보통 비눗방울 놀이를 할 때 물컵과 비누, 또 빨대 등의 도구들을 준비하는 다른 아이들과는 달리 코코벨로는 비눗방울을 입에서부터 직접 뿜어내고 있는 게 아닌가. 그 훌륭했던 레오나르도 다 빈치조차도, 그가 제아무리 많은 연구와 실험을 한 천재였다 하더라도, 이런 종류의 영감까지 받았던 적은 일찍이 없었을 것이다!

슈퍼 베이비 코코벨로

105

썰렁한 친구 치초 주를로

"자네 왜 암탉이 항상 꼬꼬댁 하는지 아나? 다른 말은 할 줄 모르기 때문이지. 좀 머저리인지는 모르겠지만, 아주 착하기는 하지. 특히 오븐 속에 넣었을 때는 그렇잖나. 그것은 또 암탉이 높은 온도에서도 잘 살 수 있기 때문이야. 날이 추워지면 금세 피부에 닭살이 돋거든. 아, 불쌍한 암탉이여! 한데 그건 그렇고, 자네 정부가 우리에게 세금(이탈리아어 'imposta'라는 말 속에는 '세금, 조세'라는 뜻과 '덧문, 셔터'라는 뜻이 함께 들어 있다—옮긴이 주)을 줄여주기 위해 무슨 결정을 내렸는지 아나? 집을 지을 때 창문을 덜 만들어 달게 하는 것이지. 좋은 결정 아닌가?"

이런 정도의 말장난이라면 그래도 들어주겠지만, 그보다도 훨씬 더 저급한 우스갯소리를 끝도 없이 해댐으로써 치초 주를로는 만날 때마다 상대방의 비위를 긁어놓는 재주를 가진 친구다. 음식물 속에 한계 이하의 미량이라면 어느 정도 불순물이 있어도 상관 않고 그 음식물을 섭취하는 다른 모든 사람들과는 달리, 이 예외적인 친구 치초는 오직 이런 100% 우스갯소리만으로 자양분을 섭취한다.

환경을 이루는 모든 요소 중에 그로 하여금 폭소를 자아내게 할 기회를 제공하지 않는 것은 하나도 없다. 누구의 결혼식에 참석하든 누구의 장례식에 참석하든 전혀 상관없이 그에게는 모든 재료가 그다지 유쾌하다고는 하지 못할 우스갯소리를 연발하게 하는 데에 일익을 담당한다.

그가 손꼽는 장기 가운데 하나는 되지도 않는 허튼소리를 숨쉴 틈도 없이 지껄여대는 것이다. 며칠 전 바로 나를 보고 한 것처럼 말이다.

"사랑하는 친구 에르네스토여, 자네를 시간 맞춰 만나게 돼서 정말이지 다행스럽네. 자네는 우리가 알지 못하던 시절부터 이미 내 가장 친한 친구였으니, 내가 그다지도 희망하고 있는 게 무엇인지 꼭 알아두는 것이 좋으이. 자 그럼 받아적도록 하게. 나는 내 장례식에 화환이 들어오는 것보다는 차라리 저명한 예술가의 원작품들이 놓여지기를 바라네. 그래야만이 내 상속자들이 마침내 내가 진 빚을 갚을 수 있게 될 테니 말이야. 나는 그 장례식장에 참석하지 않을 계획이네. 참석했다간 너무 지나친 감동을 받은 나머지 심장마비를 일으켜 죽을까봐 걱정이 되거든. 웃고 싶거든 웃어도 좋아. 어쨌거나 웃음은 피가 되고 살이 되니까(이탈리아어의

나폴레옹의 후예들

108

'riso'에는 '웃음, 폭소'라는 뜻과 '쌀, 밥'이라는 뜻이 함께 들어 있다—옮긴이 주). 반면 밀가루 음식은 살만 찌게 하지. 제분업자만 살찌운다니까. 그리구 내 집사람 있잖아, 허구한 날 그저 소파에만 앉아서 지내다가 보니까, 아니 나중엔 그만 소파(이탈리아어의 'poltrona'에는 소파라는 뜻과 '여자 게으름뱅이'라는 뜻이 함께 들어 있다—옮긴이 주)가 되어버렸어. 아 그런데 우리 삼촌은 있잖아, 자기 딸들이 모두 깨어나 있다는 걸 알아차리자 그 즉시로 시계포를 하나 내었지 뭔가."

나를 깔아뭉개려 덮치는 이 산사태로부터 피신할 생각으로 은근슬쩍 손목시계를 내려다본다. 그러나 치초는 이걸 보자 예외 없이 걸고 넘어진다.

"시계 얘기가 나왔으니 말인데, 요즘 대량 생산되는 시계가 잘 팔리지 않아서 업자들이 울상인 거 알고 있나? 지금은 시계가 전부 내가 차고 있는 이거처럼 분 단위로 가지 않아? 이거 스위스제인데, 날짜하고 요일도 나오거든. 그런데 말이지, 이게 좀 늦어요. 매주 금요일만 되면 하루씩 없어지더라니까. 내가 전에 방수 시계 하나를 차고 있었는데, 그때는 시간을 볼라치면 꼭 시계 찬 손목을 물 속에 집어넣어야만 보였거든. 그래도 그때 것이 이보다 훨씬 나았다니까."

"음, 근데 정말, 약속이 있어서 시계를 보고 있었거든…"

"약속 같은 것에 대해서는 나한테 말도 꺼내지 말게! 내가 허구한 날 약속이나 지키다 지금 요모양 요꼴이 된 거 안 보이나…!"

"지금 자네 꼴이 어떤데?"

"쪼잔해졌잖아."

"치초, 자넨 날 볼 때마다 그렇게 농담만 하려 드는데, 내가 지금 아주 긴히 할 일이 하나 있단 말이야…"

"아, 자네 역시 소비주의 사회의 희생물인가? 만들고, 또 만들고, 또 부수기 위해서 또 만들고. 아무것도 아닌 걸 가지고 만들고 또 부수고. 자네, 세상에서 유일하게 만들고 부수고 할 만한 가치가 항상 있는 게 뭔지 아나? 그건 바로 침대야. 침대야말로 인간이 완전하게 몸을 뉠 수 있는 단 하나의 수단이지. 항상 침대 스

나폴레옹의 후예들

프링이 탄력을 지니고 있을 수 있도록 하는 게 중요한 거라구."

"그래, 근데 내 말은 말이지…"

"자네 말은 그러니까 자네 집 개에 대해 말하려고 했던가? 그럼 말해 보게. 내 몸에 달린 건 단지 귀하고, 코하고 목구멍밖에 없어."

"아니 개는 무슨 개?"

"그 다리가 짧아가지고 쫄랑쫄랑대는 자네 개 말이야!"

"나는 다리가 짧아가지고 쫄랑쫄랑대는 개는 키워본 적이 없어."

"아이고 이게 웬일이냐. 아마 내가 다른 개하고 혼동하고 있거

썰렁한 친구 치초 주를로

나 아니면 다른 친구하고 혼동하고 있는 게 틀림없어. 아, 그거 참 정말 안됐어, 그 친구 말이야. 한때는 정말 듬직하고 훌륭한 친구였는데 아 그만 사업이 좀 꼬여버리는 바람에 그렇게 몰골이 축 늘어져가지고 수염이나 텁수룩하게 내기르고 말이야. 그러다보니 이제는 글자 그대로 개 같은 생활을 하고 있지 뭔가. 그와 반대로 나는 크나큰 행운을 얻었지. 아무 일도 하지 않아도 되는 지도자급 자리를 하나 구했거든. 그래 맞아, 정말 나는 무위도식하고 있어. 이건 정말 놀라운 일이야, 어때 에르네스토, 진짜로 말해 보게. 그렇지 않은가?"

파안대소가 터져나온다. 웃는 쪽은 물론 그다. 그가 고안해 낸 얘깃거리들을 두고 즐거워하는 이는 이 세상에 단 한 사람, 그밖에 없다. 그리고 이것이 곧 그가 건강을 유지하는 비결이다. 그는 웃음으로 다이어트를 하고 있다고 말한다. 반대로 그가 내뱉는 허튼소리들을 마지못해 들어야만 하는 사람들은 듣는 자리에서 그 즉시로 현저하게 눈이 퀭해지며 육체와 정신의 평형 감각을 잃어버리고 만다. 지금 내게서 일어나고 있는 상황과 마찬가지로 말이다. 딴 게 아니라, 나는 이제 더 이상 내가 다리 짧은 개를 키우고 있었는지, 또는 수염이 텁수룩한 친구를 두고 있었는지, 아니면 약속에 대해 따져봐도 내가 신경 써서 꼭 지켜야 할 약속이었는지, 혹은 내가 아직도 나인지, 그러니까 에르네스토라는 이름에 딱 들어맞는 바로 그 사람인지, 아니 어쩌면 차라리 그 이름에 딱 들어맞지 않는 게 더 좋은 건지 어떤지 도무지 기억해 낼 수가 없다. 전화통하고 똑같은 처지가 되어버렸다. 전화통은 언제나 통화중이다. 할 일 없는 나라에서 유일하게 바쁜 존재가 바로 전화통이다. 다른 한편으로 생각해 보면, 인생을 살면서는 언제나 유쾌하게 지낼 필요가 있다. 이빨이 아프다거나 할 때라도… 다른 사람들 이빨 말이다…?!? 어이쿠, 사람 살려! 이 친구 병이 나한테까지 옮겨온 모양이다!

겁에 질린 나머지 인사조차 잊고서 걸음아 날 살려라 줄행랑을 치는데, 멀리 그 친구가 쨍하니 울려퍼지는 목소리로 외친다.

"어이 친구, 자네 그 다리 짧은 개한테 내 인사나 잘 전해줘!"

경비원 체사레

"여보, 난니, 그 걸레 너무 젖은 거 안 보이나? 내 지적 받은 게 벌써 몇 번인데 아직도 그 모양이야."

아침에 계단 청소를 하면서 이렇게 권위를 세우는 말투로 오피스텔 경비가 자기 부인한테 힘을 북돋운다. 보통 체사레는 금색 술이 멋들어지게 달린 제복 같은 것을 걸치고 있으나, 아침 아홉 시 이전까지는 뒤치다꺼리 일들을 하기에 알맞은 작업복을 입고서 제 마누라를 직속으로 휘하에 거느리고 이런저런 지시를 내린다.

"그리구 거기다 세제 좀 더 넣어야지, 그거 넣어가지고 뭘 어쩌겠다구 그러나?"

그러더니 눈치도 없게시리 벌써 그 이른 시간에 나타나 오르내리는 아이들이며 직원들을 돌아보면서 냅다 소리를 지른다.

"여보쇼들, 잠깐만! 지금 한창 청소하고 있는 거 안 보이오? 거기 좀 기다리시오! 아니면 엘리베이터를 타고 가든지!" 그러더니 다시 아내를 돌아보며, "난니, 만약에 내가 없었더라면 말이지, 한번 말해 봐. 당신이 어떻게 일을 해나갈 수가 있겠느냐구?"

청소를 마무리한 뒤 금술 달린 유니폼을 척 걸쳐입고 나자, 체사레는 이제 스팔란자니가(街) 123번지 오피스텔 내의 모든 질서와 규율을 책임지는 자신의 임무를 개시한다. 한 열한 시쯤 되어서 우체부 로몰레토가 도착한다. 체사레는 외교 업무상 이 우체부와 매우 친근한 관계를 유지하고 있다. 체사레는 조간 신문에 난 새로운 뉴스를 간추려서 그날의 사건들에 대해 짤막한 브리핑을 전한다.

"자네 무슨 일이 일어났는지 좀 봤나?"

신문을 넘기며 몇몇 머릿기사들을 훑으면서 로몰레토에게 묻는다. 그리고는 오만 가지 한탄과 푸념을 늘어놓은 다음 언제나 똑같은 결론을 지으며 말한다.

"나 같으면 말야, 그냥 이런 놈들은, 싸그리 묶어가지고 감방에 처넣고 말 테야!"

"그래도 말이지 체사레," 좀 뚱뚱하지만 마음씨 하나는 넓어서 공휴일이 없는 달에도 언제나 보는 이들에게 미소를 지을 줄 아는 로몰레토가 나선다. "그래도 주의는 해야지. 그렇게 모조리 처넣다가 무고한 사람이라도 한둘 끼어들어갈지 누가 알겠나…"

"주의는 무슨 얼어죽을 주의! 자식들이 말이야, 무슨 자리를 하나 맡겨줬으면, 사회를 위해서 책임과 의무를 지켜서 제대로 좀 해야 될 거 아냐. 내 경우를 좀 봐. 이 건물 주인 파치오시 경 있잖은가. 아 내가 그분 집무실을 찾아갔을 적에 나한테 뭐라고 그러셨는지 아나? 글쎄 말이지 이러시더라구. '체사레, 이 건물 전체는 오직 자네 손에 달렸네. 그러니 자네부터 이 공동 소유권에 충실하도록 할 일이고, 딴 사람들도 잘 지키게끔 수고해 주게.' 아아, 로몰레토, 이 말씀은 신성한 말씀이야! 파치오시 경이 얼마나 식견이 넓은 인물인지 아나. 이탈리아 북부에도 얼마나 많은 땅을 가지고 있는지 몰라!"

카스텔리 백포도주 한 모금을 들이키고 나서, 로몰레토는 한 바퀴 순찰을 마저 돌러 나간다. 체사레는 늘상 하듯이 점심식사 준비가 잘 돼가는지 시찰하러 구내식당으로 향한다. 안나 부인의 메뉴는 적어도 스팔란자니가 123번지 내에서는 모든 대중을 장악하고 있다. 이 건물에 기생하는 존재들은 모두가 주간 식단표를 줄줄 왼다. 금요일에는 지하에서부터 계단을 통해 빨래를 너는 옥상까지 대구포 냄새가 진동하고, 목요일에는 뇨키에 비벼넣을 양파를 섞은 토마토 소스 냄새, 월요일에는 야채국을 끓일 때 나는 양배추의 독특한 냄새로 가득 차는데, 이것은 그 전 일요일에 먹다 남은 것들과 한 번은 식용유를 써서, 다음 한 번은 식용유 없이 구운 쇠갈비를 함께 집어넣고 만드는 잡탕국이다.

점심을 먹은 뒤, 모기 소리도 들릴 만큼 적막과 고요가 가득한 오후 시간이 되면 체사레도 역시 현관 한구석 경비실에서 잠들어버린 것처럼 보인다. 하지만 사실은 깨어 있다. 반쯤 감긴 한 눈을 마치 등대처럼 천천히 이쪽 끝에서 저쪽 끝으로 돌리며 삼엄한 경계를 펼치는 중이다. 겉으로는 잠잠하고 평화로워 보이는 그 시간이지만 혹시라도 만에 하나 갑작스럽게 쳐들어올지도 모를 적(敵)은 없는지 감시하고 있는 것이다. 그의 적이란 비누나 껌, 라이터, 조그만 선물 상자 등을 파는 보따리장수로 위장하고 들어오는 절도범일 수도 있고, 아니면 언제나처럼 현관 입구의 화초들을 물어뜯어 못쓰게 만들어버리는 감보니 부인의 주먹만한 애완견일 수도 있다.

그렇지만 가장 중요한 작업은 요새의 중심부인 집 안뜰의 경비로서, 불시에 외부인의 차량이 그곳을 점령해 버리는 일이 없도록 해야 하는 것이다. 이 자리를 차지할 권리를 가지고 있는 것은 오직 하나, 파치오시 경의 최고급 메르세데스 320 승용차뿐이다. 오로지 이 차만이 들어올 수 있다. 무례하게 그 경계를 침범해 들어오는 다른 모든 차들은 기다리고 있었다는 듯이 달려나오는 체사레에 의해 여지없이 내쫓겨버리고 만다.

그의 지고무상한 책무 가운데 들어 있는 또 한 가지는 이런 것이다. 체사레는 이 건물에 기생하는 사람들이 먼저 집안의 법규를 제대로 경건하게 지키고 있다는 충성심을 드러내 보여주지 않는 한, 절대 쉽사리 그들과 친한 관계를 맺지 않는다. 오피스텔 생활 수칙 십계명이 적혀 있는 이 법규를 대수롭지 않게 여기는 눈치를 보이는 사람에게는 국물도 없다.

경비원 체사레

나풀레옹의 후예들

비단 법규뿐 아니라, 이곳 사람들이 충성심을 나타내야 할 또 다른 존재는 바로 그 자신이다. 성탄절이나 부활절, 양력 설과 성모 몽소 승천 대축일의 축제 기간 등 그의 존재가 특별히 기억되고 찬양받아야 할 문화적 종교적 기념일에 기꺼이 그를 기억하고 감사를 표시하지 않는 사람에게도 역시 국물도 없다.

만일 이렇게 형제애를 서로 나누기 위하여 마음을 열어 보이기에 더없이 좋은 기회들을 무심코 그냥 흘려보내는 사람이 있으면 할 수 없는 일이다. 그에겐 득이 될 게 하나도 없다. 전쟁을 원한다 이거야? 좋아, 그럼 전쟁을 해주지, 까짓거. 바로 그 순간부터 그 사람의 일거수 일투족을 귀신같이 따라다니며 불똥을 튀기는 눈동자가 두 개 켜진다. 모든 착한 사람들이 그렇게 쉽게 기억할 수 있는 그런 축제 때마저도 그를 앞에 두고 존경심을 별로 표하지 않는 범죄를 반복해 저지르는 이 사악한 기생충은 그의 생활 구석구석에 의심의 화살이 꽂히고, 매일같이 광범위하게 펼쳐지는 수색 작전의 목표물이 된다. 혹시나 이 작자가 제 집말고 딴데다 한눈을 팔면서 두집살림을 하고 있지나 않은지 밝혀내기 위한 것이다.

반면 파치오시 경을 대면할 때 그의 모습은 확연히 달라진다. 경만 나타났다 하면 체사레의 입은 놀랍게도 양 끝이 두 귀에 닿을 만큼 커다란 미소를 지어내는 능력을 과시한다. 전투에 임하던 군인의 단단히 굳은 표정 위에 그토록 갑작스러이 극도의 찬미와 찬양을 표현하는 함박웃음이 피어나는 것이다.

경비원 체사레

119

"파치오시 경은 정말이지!"

터놓고 지내는 사이인 나와 이야기하는 중에 우연히 집주인 얘기가 나오자 탄복하기를 그칠 줄 모른다.

"그분이야말로 정말 어르신이오. 정말 섬기고 싶어지는 그런 사람이오. 들어보시오 선생, 저번 축일 때 글쎄 나한테 말이야, 발페누리아의 그분 농장에서 수확한 포도로 담근 바롤로 스트라베키오를 한 상자씩이나 '나를 기념하신다며' 주시더라니까."

나폴레옹의 후예들

"오호, 그거 최고급 선물을 받으셨군요."

이렇게 대답하며 나는 같은 날 내가 그에게 선물했던 싸구려 모스카토 포도주 한 병을 떠올린다.

"무엇보다도 그분은 이곳 거주자들의 선익을 위해 희생을 무릅 쓰는 사람의 숨은 공훈을 높이 살 줄 아는 분이시오. 그렇지 않소 이까?"

환희와 열광 가득한 목소리로 이렇게 결론짓는 체사레. 이와 같 은 결론은 바롤로 스트라베키오가 아니라면 그 어떤 다른 것도 도출시켜 낼 수가 없었을 것이다.

광고업자 상테 라그라나

상테 라그라나는 소싯적부터 쉴 틈 없이 움직여야만 직성이 풀리는 성격이었다. 글자 그대로 '달리는 어린이'였다.

"야 에르네스토, 나 있잖아, 지금 여기 교실에 있는 게 미치게 싫은 거 있지…"

상테는 내게 이렇게 말하면서 스낵 과자를 일부러 요란하게 우적우적 씹어먹었다. 그러자 수사학의 문장 구성 요소에 대하여 설명하고 계시던 라바자 선생님께서는 말씀을 멈추고 상테에게 다가서더니 이렇게 꾸짖으신다.

"라그라나, 수업 방해하지 말고 당장 교실에서 나가세요!"

선생님의 이 공식적인 선포야말로 상테가 바라는 바였던지라, 내심 환성을 올리며 슬금슬금 기어나가서는 곧장 밀라노 길거리로 뛰어간다. 문장의 구성을 '현장 실습'으로 공부하기 위해서다.

언젠가 문화의 전당에 견학을 다녀왔을 때부터 그의 가장 큰 관심과 열정은 광고 포스터에 쏠리고 있었다. 어떤 모델이 어떤 제품을 들고 나와서 어떤 말로 선전을 했는지, 그는 당시의 광고 세계에 대해서는 모든 것을 알고 있었다. '언제나 건강에 좋은' 아페리티보에서부터 '당신의 품격을 말하기 위해서는 미소 하나면 충분해요' 하는 치약 광고에 이르기까지 말이다.

지나간 시절의 이야기, 아직 젊은 연인들이 입냄새를 없애주는 '구강 청결제'를 알지 못했던 시절, 갓난아이들이 제 엉덩이에다 황금색 칠을 해놓을 때마다 어서 빨리 스웨덴산 일회용 '판놀린' 기저귀를 갖다 달라고 보채며 뒹굴던 시절의 이야기다.

초등학교를 마치고 나자 우리는 서로 헤어지게 되었다. 나중에야 들은 얘기인데, 그는 스무살이 되자 광고업계의 제반 문제들을 직접 뛰어들어 해결하기 위하여 단호히 학업에서 손을 놓았다고 한다. 얼마 전 가리발디로(路)에서 우연히 그와 마주쳤는데 그는 그즈음 젊은이들 사이에 유행하던 스타일의 먼지 한 점 없는 100% 순모 양복을 차려 입고 멋을 내고 있었다.

"야아, 아니 이게 누구야! 너, 상태 아니냐? 그래, 요즘 어떠냐?"

"보시다시피 잘 지내지! 파볼리니 구매량이 떨어질 줄을 모르거든. 이게 바로 비결이라구! 자, 우리 어디 가서 뭣 좀 같이 들자구."

근처의 바에 들어가 앉자 내게 묻는다.

나폴레옹의 후예들

124

"뭘 좋아하니? 완전 블랙 에스프레소 커피? 아냐? 그럼 아페리미오로 할래? 그래, 올리브를 곁들인 아페리미오면 괜찮겠냐?"

"그러지 뭐," 내가 대답한다. "그건 그렇고, 너 일하는 얘기 좀 해봐."

"찬란한 샛별이지 뭐! 정력 최고겠다, 혈기 왕성하겠다, 물불 안 가리고 뛰는 실정이야. 가끔 일에 시달려 지칠 때도 있긴 한데, 그럴 때는 말이야, 0세 아기부터 90세 노인까지 복용하는 저지방 고단백 균질 베놀을 먹고 '스트레스'를 이겨내는 거지 뭐!"

"여행 많이 하냐?"

"하, 말을 하자면 말이야, 구름 사이로 머리를 내밀고 다니는 시간이 땅바닥에 발을 딛고 사는 시간보다 더 길다고나 할까. 근데 이건, 광고업계에서 성공을 하려면 이렇게 살지 않으면 어렵거든."

야 그거 참, 속으로 생각한다. 어렸을 때부터 학교라는 울타리를 그리도 지긋지긋해 하더니 이 친구 이젠 운이 확 트였구나. 게다가 인생을 바라보는 그 눈에는 얼마나 확신이 서려 있는가 말이다! 가히 낙천주의자 가운데 최고봉이라 할 만하다.

"이봐 에르네스토야, 내 너를 다시 만나 진짜 미치게 기쁜 거 있지. 근데 내가 지금 먼저 일어서야 되겠어. 덴마크에 사업차 볼 일이 있어서 공항에 가는 중이었거든. 그 왜 벗겨진…"

"아, 그 무슨 탈모방지제 광고 건인가?"

"아냐, 솔레도로의 껍질 벗긴 토마토 건이지. 너 그 토마토를 통조림에 넣을 때 열 개 중에 세 개만 넣는 거 알고 있냐?"

"왜 세 개밖에 안 넣지?"

"왜냐하면 나머지 일곱 개에는 불량 판정을 주거든. 이런 게 바로 광고의 힘이란 거지! 에르네스토 카를레티, 그럼 또 보자!"

그 얼마 뒤 어느 날 아침, 상테가 '인터내셔널 트래블스 오피스'(International Travels Office)에서 바쁜 걸음으로 나오는 것을 다시 보게 되었다. 나는 큰 목소리로 그를 부르며 달려간다.

"어이, 상테! 상테!"

그는 뒤돌아보지도 않고 제 길만 간다. 달음질쳐서 그에게 다다른다.

"내가 부르는 소리 못 들었냐?" 숨을 몰아쉬며 묻는다.

"응, 듣긴 들었는데…, 사실 솔직히 말하자면 말이야, 내 이름을 그런 식으로 부르는 걸 들어본 지가 하도 오래 되어서 말이지."

"야아, 너 그 정도까지 올라갔구나! 그래 너를 뭐라고들 부르는데?"

"퍼블릭 릴레이션(public relations)이란 게 있기 때문에, 지금은 내 이름 상테 라그라나를 세인트 라그랜 오노레(Saint Lagran Honoré)로 번역해서 부르지. 그게 말이야, 광고계에서는 이름 빼면 남는 게 없거든, 시체야."

"지금은 어떤 거 맡아서 하고 있냐?"

"여론 조사. 정말 흥분돼서 사람 미치게 만드는 일이지. 전 세계를 다 돌거든. 너 내가 무얼 발견했는지 아나? 지구상 어느 구석

에 붙어살든지 상관없이 전 세계 모든 인간들이 광고의 절대적인
공헌으로 말미암아 똑같은 취향과 똑같은 욕구를 가지게 되었다
는 사실이야. 사람들이 뭘 원하는지 알아? 좀더 홀쭉하고 좀더 멋
을 내고 좀더 흥분된 상태를 원한다는 거야. 그래 내가 인간의 행
복을 위하여 이런 슬로건들을 고안해냈지. 〈인디아에서 특허를
받은 ‘스팅콘 웨어’와 함께 더욱 날씬하게!〉, 〈당신의 향기를
가꾸세요, 은빛 달세계의 사향이 넘쳐나는 ‘라반다 비도네’!〉,
〈안달루시아 지방의 투우뿔 추출물이 들어 있는 자양강장제 ‘코
르모 플루스’, 당신의 활력을 높인다!〉 등등이야. 이봐 에르네스
토, 나는 말이야, 모든 인간을 행복하게 해주기 위해서 그 내면을
꿰뚫고 들어가는 데 성공했다네. 나는 정말이지, 마침내 온 세상
에 평화를 가져다줄 범인류적 임무를 수행하기에 이른 거야. 계획
적인 광고를 통해서 그렇게 하는 거지. 구멍이 한 개만 뚫린 사탕
‘부코 몬디알’을 가지고 시작할 수도 있겠지. 그 다음엔 세계적
미각을 자랑하는 ‘아페리티보 유니버스’로 연결하면서…”

그가 세계의 하나됨을 위하여 쓰여질 제품들을 계속 나열하는
동안, 나는 어쩌면 그가 이다지도 짧은 기간에 그렇게 훌륭한 성
과를 올릴 수 있었는지를 보면서 그만 벌린 입을 다물지 못한다.
어언 그는 UN 대표에 버금가리만치 깊이 있는 학식과 권위를 가
지고 인류의 가장 심각한 문젯거리들을 논하고 있다.

“이봐 에르네스토,” 손목시계를 힐끔 들여다보더니 붙임성 좋게
말한다. “이제 가봐야 되겠어. 싱가포르행 마지막 제트기를 놓치

나폴레옹의 후예들

면 안 되거든. 하지만 조만간에 다시 보기로 하세. 아니, 이왕 내친 김에 말이야, 자네가 다음에 뉴욕에 올 일이 생기거든, 뉴욕 5번가를 찾아서 말이지, 세인트 라그랜 오노레 애드버타이징 코퍼레이션(Saint Lagran Honoré Advertising Corporation)이 어디 있는지 물어보게. 내 사무실이 있는 그 고층 빌딩을 모르는 사람이 없거든. 그럼 거기서 우리 같이 얘기도 나누고 말이야, 내 캐딜락을 타고 나이애가라 폭포 관광도 함께 하자구. 시나(Sina)에서 기름을 넣어주니까 문제될 게 없어. 그럼 오케이 카를레티, 조만간에 보자구!"

꽤 성공한 사람들 특유의 경쾌한 발걸음으로 사라져가는 친구의 뒷모습을 바라본다. 어릴 적부터 그는 아주 영리하고도 뭐든 집어삼키는 타입이었던 데다가 양 발바닥에 모터까지 장착해 놨던지라 나중에 한 밑천 톡톡히 잡으리란 것은 알고 있었지만, 이제 그에게 거저 기름을 넣어주는 주유소까지 생기게 되리라곤 상상도 못했다.

빌어먹을! 근데 나한테는 언제나 그 잘난 5번가에 한번 가볼 일이 생긴단 말인가? 나 자신 참으로 저능아처럼 느껴진다. 국고에서 나 같은 인간한테 뉴욕까지 가는 할인 비행기표 같은 것을 상으로 보내주는 일은 절대로 생기지 않을 것인데! 하지만 곰곰이 생각해 보니, 해결책이 전혀 없는 것 같지도 않다. 바로 며칠 전 신문 광고에서, '소사이어티 칙-아메리칸 리미티드'(Society Cik-American Limited)란 회사가 자기네 레몬 추잉껌을 광고하려고 호화판 경품을 내건 걸 보았던 것이다. 슬로건은 이런 것이었다.

광고업자 상테 라그라나

'포장을 뜯고 안을 보세요. 당첨된 백 분에게 뉴욕 무료 여행권을 드립니다!!!'

다시 한번 친구의 말이 옳다는 것을 시인하지 않을 수 없다. 내게 있어서 역시, 모든 인간에게 있어서와 마찬가지로, 오직 광고만이 더 나은 미래를 보장해 주는 유일한 희망인 것이다. 더욱 행복한 미래, 더욱 젊어지는 미래, 기분 좋은 레몬향까지 첨가되어 무료 특별봉사로 주어지는 그런 미래를 말이다!

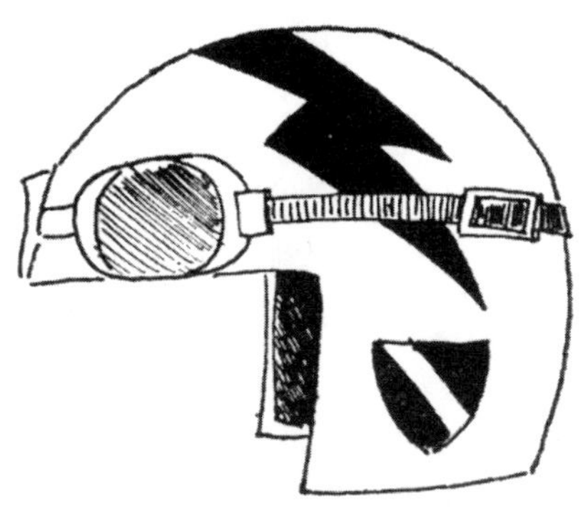

로비, 드라이브의 달인

"집에 가는 길인가? 올라타, 내 데려다주지!"

거침없는 손동작으로 차창문을 돌려 내리며 내 친구 로비가 자신의 확고부동한 결의를 나타낸다. 놀라움이 채 가시지도 않은 채로 올라타는 내 마음 속에는, 이 한 세상 사는 인생이란 게 얼마나 연약한 것인지, 또 언제 들이닥칠지 모르는 죽음을 항상 예비하고 지내는 게 얼마나 현명한 일인지 잘 아는 사람이라면 누구나 느낄 줄 아는 그런 잔잔한 슬픔이 잦아들고 있다.

"자네, 아직 내 이 새 차 타본 적 없지? 이제 잘 봐, 얼마나 순발력이 기막힌지 보여주겠어!"

아니나다를까, 바퀴가 아스팔트 바닥을 할퀴는 요란한 굉음이 울려퍼짐과 동시에 뒤통수가 시트 머리받침대에 퍽! 소리를 내며 곤두박힌다.

"거 조심해야지, 이 사람아!" 쉰소리로 내게 말한다. "아니 자네 아직도 자동차 안에서의 몸가짐을 제대로 익히지 못했다니, 말이 되는가?" 하고는 좀 진정하더니, "얼마나 기막히게 튀어나가는지 봤지, 이 정도면 경악하지 않을 사람이 없지."

나는 솔직히 이런 경악할 사태야말로 미연에 방지하고 싶었는데.

"자네, 여기 이 속도계 보이지? 아 이 차가 말이야, 속도계에 나와 있는 최고치보다 이십 킬로미터나 더 빨리 나간다니까. 이게 다 내가 액셀러레이터를 어떻게 다루느냐, 또 내가 커브길을 어떻게 요리해서 나가느냐 하는 데 달린 거 아니겠어!"

그의 자동차는 보통 많이들 타는 소형 경차종임에도 불구하고, 그가 눈여겨 관찰하여 몇 군데 손을 본 결과 같은 차종의 다른 차들과는 완전히 다른 돌연변이로 탈바꿈하고 말았다. 그의 표현을 빌리자면 글자 그대로 '랠리 스페셜 스포츠카'로 탈바꿈한 것이다. 가만 보니까, 정말로 특별하지 않은 구석이 없다. 특수 핸들에 특수 카뷰레터, 게다가 클랙슨까지 특수 제품이다. 그리고 이 특수한 클랙슨으로 말미암아 유발되는 난리통 또한 특수하기 짝이 없다.

"알겠나 에르네스토, 이렇게 조금만 차를 손보고 나서 딴 사람 아닌 내가 운전을 하는 한 말이지, 마음먹기만 하면 그 어떤 차든지 따라잡을 수가 있다는 거야. 제아무리 실린더가 내 차보다 몇 수 위래도 아무짝에도 쓸모가 없다는 거지. 하하, 이게 바로 사는 맛 아니겠나!" 의기양양하여 탄성을 지른다.

"목숨이 붙어 있는 한은 그렇겠지…" 어금니를 악물고 내가 입 속으로 웅얼거린다.

한편 그는 이미 속력을 높여서 길게 늘어진 자동차의 행렬 속으로 파고들었다. 속도를 유지하기 위해 이 구석 저 구석으로 쉴 틈 없이 끼어들기를 하면서, 미처 그의 존재를 알아차리지 못하고 바로 곁에서 굴러가던 다른 차들을 모조리 얼어붙게 만든다.

미간을 잔뜩 찌푸리고서 핸들을 사납게 움켜쥔 채 운전하는 그의 모습에 오싹 소름이 돋는다! 어떤 종류의 금지 푯말도 그의 기를 죽이지 못한다. 이건 아마도 그가 운전을 로마에서 배운 탓일 게다. 로비는 자신의 '로비 스페셜'을 타고 있을 때야말로 글자 그대로 완전한 자유인이 된다. 신호등 앞에서 열등 의식에 사로잡혀 꼬리를 사리는 적이 절대 없고, 어떤 길을 가든 터부같은 것을 지니지 않으며, 일단 정지 푯말 같은 것으로부터까지도 자신을 완전히 해방시켰다.

그렇게 모든 형태의 구속으로부터 자유로워진 몸이기 때문에, 자동차 안을 마치 자기 집안처럼 느낀다. 시가잭을 여유롭게 뽑아 담배에 불을 붙이고, 라디오 방송 다이얼을 돌리는 동시에 신문에 난 TV 프로그램을 훑어내리면서, 한 손으로 사탕 껍질을 벗기면서 아울러 다른 손으로는 바지 주머니를 이리저리 더듬으며 손수

나폴레옹의 후예들

건을 찾는다. 이런 일련의 행동을 공포에 질려 튀어나오려는 눈길로 바라보는 나의 죄없는 존재 따위는 헌신짝처럼 내팽개쳐진다.

이 설명할 수 없는 나의 심정을 뒤늦게 알아차린 그가 나를 뚫어져라 쏘아보며 한마디 건넨다.

"자네 아직도 세발자전거 타던 겁쟁이 시절 모습 그대로구만."

로비가 은근히 꼬집는 이 말의 근원은, 우리가 서로 이웃하여 붙어살면서 함께 세발자전거를 타고 놀던 그 행복했던 어린 시절로 거슬러올라가 찾아야 한다. 항상 앞자리에 앉아서 운전하고 싶어했던 쪽은 당연히 그였다. 나는 언제나 뒷바퀴 축 위에 엉거주춤 걸터앉아 타고 가는 것으로 만족해야 했다. 그러다 위험한 급커브길에서 친구가 속력을 줄이지 않으면, 나는 어김없이 홀떡 튕겨져나가 어느 집 담벼락이나 쓰레기통 같은 것에 곤두박질치기 일쑤였다. 그래서 친구가 내 손을 잡고 집에 데려다주면, 우리 어머니는 찢어진 옷에 땟국물이 줄줄 흐르는 날 보자마자 내 머리를 쥐어박곤 하셨다. 그것은 내가 '도무지 얌전하게 놀 줄을 모르는 녀석'이기 때문이었다.

로비는 열여덟 살이 되자 보란 듯이 운전면허증을 따내었는데, 하루는 낡아빠진 '칭퀘첸토'(이탈리아의 피아트에서 만들었던 전형적인 소형차—옮긴이 주) 한 대를 어디서 끌고 왔다. 이 고물차의 시동을 걸어보려고 무진 애를 썼으나, 집에다 가져다놨을 때부터는 아무리 해도 움직일 줄을 모르는 것이었다. 몇 날인가 밤낮 없이 야단법석을 떨며 우지끈 뚝딱 하고 해체와 조립을 거듭한 끝에 로비는 이 해묵은 칭퀘첸토를 어렵사리 부활시키는 데 성공하고야 말았다.

"야, 같이 타고 한바퀴 돌아볼래?"

엔진이 제대로 돌아가게 되었을 때 그가 내게 물었다. 그때까지도 나는 승용차라곤 전혀 타본 적이 없었던 데다가 뭔가 새로운 일이 있으면 쉽게 들뜨곤 하던 시절이었기 때문에 그러자고 대답하였다. 그리하여 나는 그 첫번째 자동차 여행을 통해서 벌써 프로 자동차 경주 때나 느낄 수 있을 법한 강렬한 감동들을 모조리 맛볼 수 있었다. 엔진에 불이 붙고, 커브길을 돌다가 언덕 아래 풀밭으로 미끄러져 내려가는가 하면, 길게 브레이크를 누르다가 담벼락 바로 앞에서 간신히 멈춰서고 하는 등의 스릴 만점 드라이브를 경험했던 것이다. 이윽고 그 사랑스런 칭퀘첸토의 문을 열어 밖으로 빠져나오는 순간, 나는 살아 있다는 사실에 대한 형언할 수 없는 기쁨을 난생 처음으로 깊이 있게 느낄 수 있었다. 주위를 둘러싼 모든 것들이 그토록 놀랍고도 아름답다는 사실을 깨달았다. 보도블록과 맨홀 뚜껑, 버스 정류장 팻말 같은 것까지도 그렇게 멋져 보일 수가 없었다. 모든 것이 말이다. 특별히 그 중에서도 움직이지 않고 제자리에 가만히 붙어 있는 사물이 더욱 아름다웠다.

"내가 너무 세게 가서 겁먹었니?"

내게 용기를 주려고 묻는다.

"내가 어떤 길을 가든지 안정감을 잃는 법이 없다는 거 너도

로비, 드라이브의 달인

알잖아? 나는 겨울에도 절대 체인 같은 건 감지 않아. 얼음판이 되어도, 눈이 덮여도 그런 건 절대 안 쓰지. 일단 한번 운전하는 감각이 봄에 익으면, 체인 같은 것들은 오히려 거추장스럽기만 하다니까."

고난도의 테크닉을 터득한 그임에도 때로는 도로가의 난간을 들이받는 사고를 저지른다. 그러나 이 경우에 분명히 밝혀두어야 할 것은, 잘못이 언제나 그에게가 아니라 그 앞을 가로막은 굼벵이 녀석에게 있다는 점이 되겠다. 이런 체험들은 그의 일생을 두고 가장 처참한 씁쓸함을 맛보게 해주는 추억거리를 이룬다.

"야, 한번 생각해 봐. 내가 다니는 협회에서 랠리를 주최했는데, 물론 일등은 따논 당상이었지. 아 그런데, 하필이면 굉장히 긴 오르막길을 막 올라가려는 시점이었는데 그 비겁한 자식이 염치없이 싹 끼어드는 거야. 재수없게시리! 그래 어쨌든 질쏘냐고 전속력을 냈지. 또다시 전부 다 따라잡고 나니까 벌써 결승점이 몇 킬로 안 남았더라구. 그렇게 질주를 하는데 아 난데없이 이런 경을 칠 노인네가 길을 건너는 게 눈에 들어오잖아? 건널목도 없는데 말야. 급정거하느라고 변속 기어까지 넣으면서 브레이크를 밟았지. 아 그러자 엔진이 들러붙은 거야. 꼼짝없이 당한 거지. 이런 낭패가 있나! 이런 인간들은 그저 모조리 긁어모아서 쓰레기 하치장에 갖다 버려야 돼. 아 그래 그 자리에 그렇게 말뚝처럼 박혀 가지고 보니까, 뒤따라오던 놈들이 전부 다 내 앞으로 지나가는 거야. 내가 우승을 막 손에 쥐려던 찰나였는데!"

이렇게 차를 몰다보면 언제나 발견하게 되는 '나태한 야만인'
들만 없었던들, 지금쯤 로비는 벌써 자동차 경주의 세계 챔피언십
을 모조리 석권하고도 남았을 터이다.

로비, 드라이브의 달인